全MP3一次下載

http://www.booknews.com.tw/mp3/booknewsmp3/171020045/9786269640911.zip

全 MP3 一次下載為 zip 壓縮檔，
部分智慧型手機需安裝解壓縮程式方可開啟，iOS 系統請升級至 iOS 13 以上。
此為大型檔案，建議使用 WIFI 連線下載，以免占用流量，並確認連線狀況，以利下載順暢。

Preface

# 作者序

初級文法學了很多年，一直鬼打牆嗎？或者，好不容易到了進階文法，感覺怎麼跟初級是完全不同的文法型態呢？如果你想一次搞定初級和進階文法，看這本書就對了！

本書以「讀者」為中心，依照應具備的文法知識，區分成六大階段。讀者可依照個人需要，直接翻閱該階段，英文程度立刻升級。以下是六大階段：

**・第一階段：初級文法新手**

適合英文從頭學的讀者，只要 10 個單元，就能快速掌握初級英文，看懂大部分的基礎英文句子喔！

**・第二階段：初級文法有基礎者**

適合曾經學過初級文法，稍微有點概念，卻又不是完全弄懂的讀者，特別是時態，例如：現在完成式、過去完成式。這個階段也是 10 個單元。

第一、第二階段，是【初級文法】，我們花最少時間，達到最快成效！接著，來看進階文法：

**・第三階段：進階文法新手**

想學好進階文法，卻不熟悉三大子句、分詞嗎？一定要詳細閱讀這個階段喔！

第三階段是【初級～進階文法銜接區】，只有少少的 5 個單元，卻至關重要！只要看完這幾個單元，就能成功接軌進階文法，並融會貫通。因此，無論是初級，還是進階文法學習者，都別錯過精彩無比的第三階段喔！

**・第四階段：進階文法大重點**

這個階段正式進入進階文法，裡面許多單元，都與第三階段息息相關。

進階文法的「主要觀念」，都在這 10 個單元當中。再強調一次，第三、第四階段，是進階文法必讀章節！

**・第五階段：進階文法升級篇**

第五階段，則是進階文法的常用句型。

學習進階文法，不但要掌握大方向，還要熟悉許多句型用法，這些句型詳細算起來，有上千上百個，這也是為什麼進階文法的學習者，經常學到暈頭轉向。看到這裡別害怕！我們用 10 個單元的篇幅，介紹最常見的進階句型用法。

**・第六階段：進階文法變化球**

前面五個階段，著重在單一句子。

第六階段，我們從單一句子，延伸到「句子與句子之間」的銜接，了解如何運用文法句型，把句子串成一篇文章。每個單元，除了輕鬆易懂的文法解說與例句之外，還有一篇以旅遊為主題的文章，每篇文章都結合單元文法，讓讀者一邊看著有趣的旅遊趣事，同時學習文法。

這是一本，你不需要讀到昏天暗地的文法書。

現在，就讓想學好英文的讀者們，跟著本書，好好享受這趟文法之旅囉！

How to use this book

# 使用說明

22 名詞子句

名詞子句，看起來雖然是個句子，卻具有「名詞」屬性。由於是子句，因此需要使用連接詞，將「母句與子句」連結成一個句子，形成「媽媽句帶著小孩句」這樣的結構。名詞子句共分成三大類型：

❶ that 引導的名詞子句

Amy said that the movie was great. 艾咪說那部電影很棒。

→ Amy said 是媽媽句，that the movie was great 是小孩句。

「the movie was great（那部電影很棒）」是她說話的內容。內容是名詞，所以是名詞子句。

子句裡的 that 是連接詞，因此句子可以放兩組動詞：said 和 was。這個 that 也可以隱藏起來。

名詞子句：用子句表達一件事情，並且把子句當成名詞看待

Amy said 艾咪說 that the movie was great. 那部電影很棒。

❷ if 或 whether 引導的名詞子句：「是否…」

I want to know whether Steve will visit us or not.

我想知道史帝夫是否會拜訪我們。

→ I want to know 是媽媽句，whether Steve will visit us or not 是小孩句。

我想知道這件事情，什麼事情呢？就是「史帝夫是否會拜訪我們」的這件事情。事情是名詞，所以是名詞子句。

子句裡的 whether 是連接詞，因此句子可以放兩組動詞：want 和 will visit。

104

## 文法說明：

以簡單的文字與圖片解說文法概念，閱讀時請特別注意例句的部分，掌握文法實際使用的情況。

❸ 疑問詞引導的名詞子句

He doesn't know what he can do. 他不知道他可以做什麼。

→ He doesn't know 是媽媽句，what he can do 是小孩句。

他不知道什麼事情呢？就是「他可以做什麼」的這件事情。事情是名詞，所以是名詞子句。

what 也具備連接詞功能，因此句子可以放兩組動詞：doesn't know 和 can do。

跟讀練習

慢速 22-1A 正常速 22-1B

· that 引導的名詞子句

She believes the thing. 她相信這件事情。

She believes that Peter will be a famous singer.

她相信彼得將會成為一位有名的歌手。

· that 引導的名詞子句

Tina told me the thing. 緹娜告訴我這件事情。

Tina told me that she didn't see a movie last night.

緹娜告訴我她昨晚沒有看電影。

· whether 引導的名詞子句

Mr. Lin asked Emily the question. 林先生詢問艾蜜莉這個問題。

Mr. Lin asked Emily whether she would come or not.

林先生詢問艾蜜莉她是否會來。

· if 引導的名詞子句

John doesn't know the thing. 約翰不知道這件事情。

John doesn't know if the woman will help him or not.

約翰不知道這位女子是否會幫助他。

· 疑問詞引導的名詞子句與名詞片語

The man doesn't know what he can do.

The man doesn't know what ***to do***.

這位男子不知道他可以做什麼。

· 疑問詞引導的名詞子句與名詞片語

Miss Brown told me where I could live.

Miss Brown told me where ***to live***.

布朗小姐告訴我，我可以住哪裡。

105

## 跟讀練習：

透過特別設計的句子組合，一邊聽音檔、一邊跟著唸，就等於反覆運用特定的文法概念，唸著唸著就能養成英文語感。一開始請使用慢速的檔案，如果跟不上的話，可以先聽完一句之後，暫停播放音檔並重覆朗誦一次，熟悉之後再練習跟著音檔同時唸，並且挑戰用正常速度跟讀。同時，也請注意同組句子之間的差異，並透過跟讀熟悉句型變換的模式。

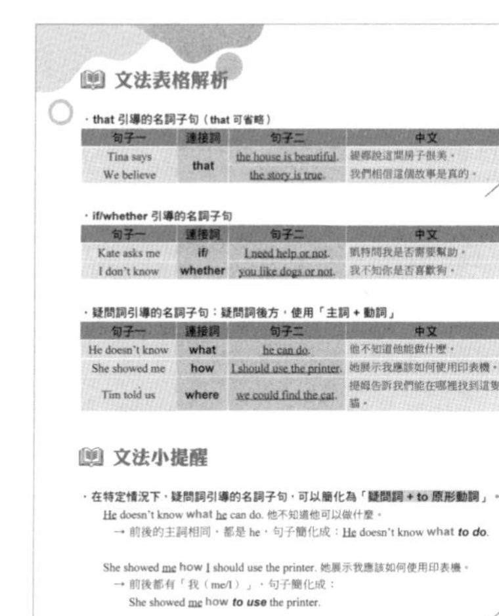

## 文法表格解析

・that 引導的名詞子句（that 可省略）

| 句子一 | 連接詞 | 句子二 | 中文 |
|---|---|---|---|
| Tina says | that | the house is beautiful. | 緹娜說這間房子很美。 |
| We believe | | the story is true. | 我們相信這個故事是真的。 |

・if/whether 引導的名詞子句

| 句子一 | 連接詞 | 句子二 | 中文 |
|---|---|---|---|
| Kate asks me | if/ | I need help or not. | 凱特問我是否需要幫助。 |
| I don't know | whether | you like dogs or not. | 我不知你是否喜歡狗。 |

・疑問詞引導的名詞子句：疑問詞後方，使用「主詞 + 動詞」

| 句子一 | 連接詞 | 句子二 | 中文 |
|---|---|---|---|
| He doesn't know | what | he can do. | 他不知道他能做什麼。 |
| She showed me | how | I should use the printer. | 她展示我應該如何使用印表機。 |
| Tim told us | where | we could find the cat. | 提姆告訴我們能在哪裡找到這隻貓。 |

## 文法小提醒

・在特定情況下，疑問詞引導的名詞子句，可以簡化為「疑問詞 + to 原形動詞」。

He doesn't know what he can do. 他不知道他可以做什麼。

→ 前後的主詞相同，都是 he，句子簡化成：He doesn't know what ***to do***.

She showed me how I should use the printer. 她展示我應該如何使用印表機。

→ 前後都有「我（me/I）」，句子簡化成：

She showed me how ***to use*** the printer.

Tim told us where we could find the cat. 提姆告訴我們能在哪裡找到這隻貓。

→ 前後都有我們（us/we），句子簡化成：Tim told us where ***to find*** the cat.

106

## 文法表格解析：

將核心句型以表格方式呈現，視覺化呈現句型結構，不用死背規則，也能一眼看懂文法的架構。也可以嘗試替換表格中的詞彙，創造更多不同的句子。

## 文法小提醒：

針對文法的細節與注意事項，提供額外的說明。閱讀這個部分，可以對文法概念有更完整的了解。

## 進階跟讀挑戰

慢速分句 22-2A　正常速分句 22-2B　正常速連續 22-2C

1. In the past, / people thought it was impossible / to go to Mars.
在過去，人們認為去火星是不可能的。（省略 that）

2. The strangest thing / is that the two men only come to this house at night.
最奇怪的事情是，這兩名男子只有在晚上才會來到這間屋子。

3. Steve wants to know / whether the lady will go out with him or not.
史帝夫想知道那位女士是否會和他一起外出。

4. If you are interested in historic sites, / you may like Sintung (新東) Sugar Factory Culture Park. // During Japanese colonization, / this place was a sugar factory, / but now / it is an art center of Taitung (台東). // Besides the well-preserved sugar factory, / what visitors can see there / also includes art studios, / handicraft stores, / and coffee shops. // Indigenous artists can exhibit / and sell their works there. // If you don't know where to go in Taitung, / why not pay a visit there?
如果你對古蹟感興趣的話，或許你會喜歡新東糖廠文化園區。在日治時期，這個地方是糖廠，但現在它是台東的藝術中心。除了保存良好的糖廠以外，遊客在那裡可以看到的，也包括藝術工作室、手工藝品店和咖啡廳。原住民藝術家可以在那裡展示和販售他們的作品。如果你在台東不知道要去哪裡，何不去那裡拜訪一下呢？

4. historic site 古蹟 / colonization [ˌkɑlənɪˈzeʃən] n. 殖民 / well-preserved [ˈwɛlprɪˈzɝvd] adj. 保存良好的 / studio [ˈstjudɪˌo] n. 工作室 / handicraft [ˈhændɪˌkræft] n. 手工藝品 / indigenous [ɪnˈdɪdʒɪnəs] adj. 原住民的，土生土長的 / exhibit [ɪgˈzɪbɪt] v. 展示 / pay a visit（短時間）拜訪

107

## 進階跟讀挑戰：

每個單元的最後，提供進階句子與段落跟讀，除了活用該單元學習的文法以外，也訓練讀者逐步適應較長的文章內容，對於準備英檢閱讀與口說測驗很有幫助。這裡提供依照標點符號（逗點、句點等等）分句的音檔，在唸完一部分之後，會有相同長度的靜音時間。讀者可以練習先聽朗讀之後，在靜音時重新唸一遍，熟悉後再嘗試同時跟音檔一起唸。

Contents

# 目錄

## 第一階段：初級文法新手（初級文法基礎篇）

・讀完這十個單元，讀者可以看懂大部分的基礎英文句子。



## 第二階段：初級文法有基礎者（初級文法延伸）

・讀完這十個單元，讀者可以看懂「比較複雜」的基礎英文句子。

## 第三階段：進階文法新手（初級～進階的銜接文法）

・這五個單元能夠：

（1）幫助有基礎文法能力，但一到進階文法，就鬼打牆的讀者們

（2）整合初級和進階文法，讓文法不再四分五裂

使用詞彙以初級單字為主，搭配初級～進階文法，以便讓讀者專注了解文法，而不會卡在單字上。

Contents

# 目錄

## 第四階段：進階文法大重點（進階文法基礎篇）

・這十個單元，包括最重要的進階文法觀念（例如分詞構句），以及許多讀者感到困惑的主題（例如「與過去事實相反的假設語氣」）。



## 第五階段：進階文法升級篇（進階文法延伸）

・這十個單元，是常用進階文法，經常出現在文章裡，也是「克漏字」題型常考的文法概念，對於準備研究所考試、公務員考試、英檢、大學學測的讀者們，或單純進修英文的學習者，都很實用。

## 第六階段：進階文法變化球（從句子到文章）

・前五個階段，著重在單一句子。在這個階段，則幫助讀者不只看懂單一句子，更進一步了解「句子與句子之間」如何運用文法和句型串接，構成一篇文章。也可作為「寫作維他命」，短時間內補充作文的好用句型。

# 初級文法
# Basic Grammar

**第一階段：初級文法新手**

單元 1-10

**第二階段：初級文法有基礎者**

單元 11-20

# 1 主詞

「主詞」是句子的主角。想像一下，在舞台上，聚光燈投射在主角身上，主角是萬眾矚目的焦點。**在句子裡，聚光燈也會投射在主詞身上，因為主詞就是「主角」！**當我們看到句子，第一個動作，是**辨認主詞**。主詞很重要，主要有兩個原因：

**第一個原因：主詞是句子的主角**

如果不知道句子裡的主角是誰，很容易誤讀句子。你可以想像，舞台上有許多伴舞者在跳舞，但如果找不到領頭的主角，觀眾會弄不清楚，這場表演的重點在哪裡。句子也是如此，必須先掌握句子的主角！

**第二個原因：主詞會影響句子的動詞變化**

**單數主詞，搭配單數動詞；複數主詞，搭配複數動詞。**因此，唯有先掌握主詞，才能確定句子裡的動詞變化。

**Linda** is a writer.

**The cat** is white.

主詞可以依照有／無生命、單／複數來分類。

**❶ 有生命或無生命**

- **有生命的主詞：**包括人類及其他動物 → Peter（彼得）、dog（狗）
  **Linda** is a writer. 琳達是一位作家。
- **無生命的主詞：**包括物品、事情、地名等 → pen（筆）、table（桌子）
  **The pen** is green. 這枝筆是綠色的。

❷ **單數或複數**（動詞形式會隨著主詞的單複數而變化）

・**單數主詞**：單一的人事物 → Tina（緹娜〔女子名〕）、cat（貓）

**The cat** is white. 這隻貓是白色的。

・**複數主詞**：兩個以上的人事物

→ Emily and Helen（艾蜜莉和海倫〔女子名〕）

**Emily and Helen** are friends. 艾蜜莉和海倫是朋友。

慢速 01-1A

正常速 01-1B

## 跟讀練習

請注意動詞會隨著主詞的單、複數而變化（參考下一頁的整理表格）

・**主詞是人物**

**Peter** is a doctor. 彼得是一位醫生。

**Jane** is a doctor. 珍是一位醫生。

**Peter and Jane** are doctors. 彼得和珍是醫生。

・**主詞是人物**

**Tina** is a dancer. 緹娜是一位舞者。

**David** is a dancer. 大衛是一位舞者。

**Tina and David** are dancers. 緹娜和大衛是舞者。

・**主詞是人物**

**The boy** is smart. 這位男孩很聰明。

**The girl** is smart. 這位女孩很聰明。

**The boy and the girl** are smart. 這位男孩和這位女孩很聰明。

・**主詞是動物**

**The cat** is hungry. 這隻貓肚子餓。

**The dog** is hungry. 這隻狗肚子餓。

**The cat and the dog** are hungry. 這隻貓和這隻狗肚子餓。

・**主詞是動物**

**The dog** is cute. 這隻狗很可愛。

**The rabbit** is cute. 這隻兔子很可愛。

**The dog and the rabbit** are cute. 這隻狗和這隻兔子很可愛。

・**主詞是物品**

**The table** is white. 這張桌子是白色的。

**The watch** is white. 這只手錶是白色的。

**The table and the watch** are white. 這張桌子和這只手錶是白色的。

## 文法表格解析

・主詞是「單數」：be 動詞用 is

| 單數主詞 | be 動詞 | 其餘部分 | 中文 |
|---|---|---|---|
| Tina | is | a doctor. | 緹娜是一位醫生。 |
| The dog | | cute. | 這隻狗很可愛。 |
| The table | | blue. | 這張桌子是藍色的。 |

・主詞是「複數」：be 動詞用 are

| 複數主詞 | be 動詞 | 其餘部分 | 中文 |
|---|---|---|---|
| Tina and Emily | are | doctors. | 緹娜和艾蜜莉是醫生。 |
| The dog and the bird | | cute. | 這隻狗和這隻鳥很可愛。 |
| The table and the pen | | blue. | 這張桌子和這枝筆是藍色的。 |

關於 be 動詞，第 5 單元會詳細解說，這裡只要能分辨主詞是「單數」或「複數」就可以了。

## 文法小提醒

・主詞「不一定會在句子開頭」

大部分的句子，我們會在開頭找到主詞。不過有時主詞前面會添加「時間、地點」等內容，讓句子多些變化，這時候主詞不會在句子最前面哦！

例如：At school, Tim is active. 在學校，提姆很活躍。

→ 主詞是 Tim，不是 at school

句子開頭的 at school 是地點，可以移到句尾，使主詞更突顯

Tim is active at school. 提姆在學校很活躍。

・主詞「偶爾會省略」

省略主詞 you 的原因，是因為要求「你」做某事情，由於說話對象就在面前，因此把 you 省略掉，這種句型稱作「祈使句」，又稱命令句，語氣較強烈。

例如：Open the door. 開門。

→ 句子原本是 You open the door. 你開門。

雖然省略了 you，但主詞還是 you 哦！

## 進階跟讀挑戰

慢速分句 01-2A

正常速分句 01-2B

正常速連續 01-2C



**・「/」表示可以暫時停頓**

下方的句子，使用比較進階的單字，句子本身也比較長。不過，只要依循前面的方式，還是可以輕鬆找到主詞喔！

1. **Japan** is close to Taiwan.
   日本離台灣很近。

2. **The wooden house** is at the end of the street, / next to the park.
   這間木屋在街道的盡頭，在公園旁邊。

3. **The air on the train** is terrible.
   火車上的空氣很糟。

4. **Diana and Helen** are great singers. // **Diana** is cute. // **Helen** is smart.
   黛安娜和海倫是很棒的歌手。黛安娜很可愛。海倫很聰明。

5. In Rome, / **tourists** are welcome. // **Thieves** are not!
   在羅馬，觀光客受到歡迎。小偷則不受歡迎！

6. **Hundreds of sailors** are in Kenting. // **These sailors** are from all over the world.
   數以百計的帆船好手在墾丁。這些帆船運動員來自世界各地。

2. wooden [ˋwʊdn̩] adj. 木製的
5. tourist [ˋtʊrɪst] n. 觀光客 / thief [θif] n. 小偷
6. sailor [ˋselɚ] n. 帆船手

# 2 一般動詞

**一般動詞，就是「有動作」的動詞**，例如：跑（run）、唱歌（sing）、游泳（swim）等等，都是一般動詞。

上一個單元介紹的主詞，是讓主角出場。**這個單元介紹的一般動詞，是讓主角做出動作。**有了「主詞＋動詞」，我們就知道：主角是誰？主角做出什麼動作？

舉例來說：主角的動作是吃，就會說 Tina and Alice **eat** lunch.（緹娜和愛麗絲吃午餐）、Peter **eats** lunch.（彼得吃午餐）。

有沒有發現，一般動詞有時候字尾加了 s，有時候沒有加 s？這是因為只要主詞是「單數的他」，無論是男生、女生、動物，動詞字尾都必須加上 s 或 es。初次學到這個文法規則，可能覺得有點不習慣，因為中文並沒有動詞變化的觀念。不過請放心，你一定學得會！

### ❶ 主詞是「單數的他/她/牠/它」：後面的一般動詞字尾，會加上 s 或者 es

[牠] The bird **sings**. 這隻鳥唱歌。

[他] The boy **writes** a letter.
這名男孩寫信。

[她] Helen **watches** TV. 海倫看電視。

The boy **writes** a letter.

大部分的一般動詞變化，只要加上 s 即可。只有很少數的動詞變化要加 es，這些動詞另外記住即可，例如：go（去）→ goes、watch（觀看）→ watches。

### ❷ 主詞「不是」單數的他：一般動詞字尾，不需要變化

這個類別不用一一背誦，只要把上面第 ❶ 類扣掉，其餘都屬於這個類別。

[他們] Cathy and Flora **watch** TV. 凱西和芙蘿拉看電視。

[你] You **watch** TV. 你看電視。

[我] I **watch** TV. 我看電視。

you 和 I 是「人稱代名詞」，我們到第 7 單元會詳細介紹。這裡只需要知道，you 和 I 後面接一般動詞時，動詞「不需要」變化，因此例句全都使用 watch，而不是 watches。

慢速 02-1A

正常速 02-1B

## 跟讀練習

· **主詞是人名**

Steve **cooks** dinner. 史帝夫煮晚餐。

Jane **cooks** dinner. 珍煮晚餐。

Steve and Jane **cook** dinner. 史帝夫和珍煮晚餐。

· **主詞是人名**

Jimmy **makes** a box. 吉米製作箱子。

Helen **makes** a box. 海倫製作箱子。

Jimmy and Helen **make** a box. 吉米和海倫製作箱子。

· **主詞是人名**

Mr. Lin **kicks** a ball. 林先生踢球。

Mr. Chen **kicks** a ball. 陳先生踢球。

Mr. Lin and Mr. Chen **kick** a ball. 林先生和陳先生踢球。

· **主詞是人物名詞**

The girl **learns** English. 這位女孩學習英文。

The boy **learns** English. 這位男孩學習英文。

The girl and the boy **learn** English. 這位女孩和這位男孩學習英文。

· **主詞是人物名詞**

The woman **watches** TV. 這位女子看電視。

The man **watches** TV. 這位男子看電視。

The woman and the man **watch** TV. 這位女子和這位男子看電視。

· **主詞是動物名詞**

The cat **drinks** water. 這隻貓喝水。

The bird **drinks** water. 這隻鳥喝水。

The cat and the bird **drink** water. 這隻貓和這隻鳥喝水。

## 文法表格解析

・主詞是「單數的他/她/牠/它」：一般動詞字尾，要加 s 或 es

| 主詞 | 動詞 | 其餘部分 | 中文 |
|---|---|---|---|
| John | **eats** | dinner. | 約翰吃晚餐。 |
| | **drinks** | coffee. | 約翰喝咖啡。 |
| | **watches** | TV. | 約翰看電視。 |

・主詞「不是」單數的他：一般動詞字尾，不要變化

| 主詞 | 動詞 | 其餘部分 | 中文 |
|---|---|---|---|
| John and Tim | **eat** | dinner. | 約翰和提姆吃晚餐。 |
| | **drink** | coffee. | 約翰和提姆喝咖啡。 |
| | **watch** | TV. | 約翰和提姆看電視。 |

## 文法小提醒

・一般動詞字尾，**大多數加 s，「僅少部分加 es」**

主詞是「單數的他/她/牠/它」時，後面的一般動詞字尾必須變化，但少數動詞的字尾是加 es，常見的有：

❶ **go → goes** 去

Alice **goes** to school every day. 艾莉絲每天上學。（go to school：上學）

❷ **watch → watches** 觀看

Steve **watches** TV. 史帝夫看電視。

❸ **wash → washes** 清洗

The woman **washes** the car every Friday. 這位女子每週五洗車。

・**「動物或物品」當主詞，動詞也需要變化**

[動物] The cat **drinks** water. 這隻貓喝水。

[物品] The book **falls** from the table. 書本從桌子上掉落。

## 進階跟讀挑戰

慢速分句 02-2A

正常速分句 02-2B

正常速連續 02-2C

1. Many people **visit** this famous museum.
   許多人參觀這座著名的博物館。

2. Everyone in the office **likes** Tim.
   辦公室裡的每個人都喜歡提姆。

3. The car **hits** a tree.
   這輛車子撞到樹。

4. Miss Brown **carries** a bag. // The bag **drops** on the floor.
   布朗小姐提著一個包包。這個包包掉落地面。

5. Emily often **buys** some bread / in the supermarket. // Sometimes, / Peter **goes** to the supermarket / with Emily.
   艾蜜莉常常在超市買些麵包。有時候，彼得和艾蜜莉一起去超市。

6. Doris **shows** beautiful works of art / in France. // A lot of people **love** her creations.
   桃樂絲在法國展示美麗的藝術品。許多人喜愛她的創作。

1. museum [mju`zɪəm] n. 博物館
6. creation [krɪ`eʃən] n. 創造，創作

# 3 助動詞：否定句

學完「主詞＋動詞」，已經掌握句子最核心的觀念了！緊接著我們把句子做些變化。第一個要學的是**「否定句」，也就是說「不」的句子**。

改成否定句的方法很簡單，只要**在一般動詞前面，添加「助動詞 + not」**即可，not 的意思是「不」。

does + not = doesn't

do + not = don't

常用的助動詞有兩個，分別是 do 和 does，請看下方分類：

### ❶ 主詞是「單數的他/她/牠/它」：使用 does

[他] Mr. Li swims. 李先生游泳。

→ Mr. Li **does not** swim. 李先生不游泳。

→ Mr. Li **doesn't** swim.〔縮寫〕

does 是助動詞，後面必須放「原形動詞」。所謂原形動詞，就是回到動詞的原始狀態，什麼都不可以加喔！因此 swims 要改回 swim。

[它] The notebook works. 這台筆電正常運作。

→ The notebook **does not** work. 這台筆電壞了。

→ The notebook **doesn't** work.〔縮寫〕

work 是一般動詞，意思是「工作；機器運轉」。筆電不運轉，也就是「壞了」的意思。

### ❷ 主詞「不是」單數的他：使用 do

這個類別不用一一背誦，只要把上面第 ❶ 類扣掉，其餘都屬於這個類別。

[他們] Kevin and James **do not** swim. 凱文和詹姆士不游泳。

→ Kevin and James **don't** swim.〔縮寫〕

[你] You **do not** swim. 你不游泳。

→ You **don't** swim.〔縮寫〕

[我] I **do not** swim. 我不游泳。

→ I **don't** swim.〔縮寫〕

you 和 I 是「人稱代名詞」，我們在第 7 單元會詳細介紹。這裡只需要知道，you 和 I 也使用助動詞 do。

慢速 03-1A

正常速 03-1B

## 跟讀練習

· **主詞是單數**

The man swims. 這位男子游泳。

The man **does not** swim. 這位男子不游泳。

The man **doesn't** swim. 這位男子不游泳。

· **主詞是單數**

Frank washes the car. 法蘭克洗這輛車。

Frank **does not** wash the car. 法蘭克不洗這輛車。

Frank **doesn't** wash the car. 法蘭克不洗這輛車。

· **主詞是單數**

The dog drinks milk. 這隻狗喝牛奶。

The dog **does not** drink milk. 這隻狗不喝牛奶。

The dog **doesn't** drink milk. 這隻狗不喝牛奶。

· **主詞是複數**

Mr. Lin and Mr. Wang dance. 林先生和王先生跳舞。

Mr. Lin and Mr. Wang **do not** dance. 林先生和王先生不跳舞。

Mr. Lin and Mr. Wang **don't** dance. 林先生和王先生不跳舞。

· **主詞是複數**

The computer and the printer work. 這台電腦和這台印表機正常運作。

The computer and the printer **do not** work. 這台電腦和這台印表機壞了。

The computer and the printer **don't** work. 這台電腦和這台印表機壞了。

## 文法表格解析

・主詞是「單數的他/她/牠/它」：使用 **does**

| 主詞 | 助動詞＋not | 其餘部分 | 中文 |
|---|---|---|---|
| Mr. Li | **doesn't** | play baseball. | 李先生不打棒球。 |
| Alice | | swim. | 艾莉絲不游泳。 |
| The boy | | eat lunch. | 這位男孩不吃午餐。 |

・主詞「不是」單數的他：使用 **do**

| 主詞 | 助動詞＋not | 其餘部分 | 中文 |
|---|---|---|---|
| Mr. Li and Mr. Chen | **don't** | play baseball. | 李先生和陳先生不打棒球。 |
| Alice and Cindy | | swim. | 艾莉絲和欣蒂不游泳。 |
| The boy and the girl | | eat lunch. | 這位男孩和這位女孩不吃午餐。 |

## 文法小提醒

・**常用的助動詞，除了 does 和 do 以外，還有「can（可以、會）」。**
使用不同的助動詞，句子意思會有些不同。比較一下它們的差異：

### ❶ 比較 does/can

Mr. Li **doesn't** play baseball. 李先生不打棒球。
→ 李先生沒有打棒球的習慣，換句話說，他不做這件事情。
Mr. Li **can't** play baseball. 李先生不會打棒球。
→ 李先生不知道怎麼打棒球，比如：不知道遊戲規則是什麼，所以不會打。

### ❷ 比較 do/can

Alice and Cindy **don't** swim. 艾莉絲和欣蒂不游泳。
→ 她們沒有游泳的習慣，換句話說，他們不做這件事情。
Alice and Cindy **can't** swim. 艾莉絲和欣蒂不會游泳。
→ 她們不知道該怎麼游泳。can 指的是「能力」，能夠完成某件事情。

## 進階跟讀挑戰

慢速分句 03-2A

正常速分句 03-2B

正常速連續 03-2C

1. The movie **doesn't** enter the top 10 list.
   這部電影沒有進入排行榜前十名。

2. Jimmy **doesn't** work in the shoe store as a clerk.
   吉米沒有在這間鞋店當店員。

3. Over 90% of the people / **don't** agree with the view.
   超過百分之九十的人，不同意這個看法。

4. Steve **can't** read a map. // He **cannot** find the way / even with Google Maps.
   史帝夫不會看地圖。即便有谷歌地圖，他還是找不到路。

5. The red dress **doesn't** look good on me. // I **don't** like it.
   這件紅色洋裝穿在我身上不好看。我不喜歡它。

6. I **don't** want to buy these cups. // I want another one.
   我不想買這些杯子。我想要另一個。

3. view [vju] n. 看法，觀點

# 4 助動詞：疑問句

疑問句，顧名思義，就是「有問號」的句子，也就是「問句」。寫出問句的方法很容易，只要**把否定句裡的「助動詞」，移到句首，句尾標上問號，再去除 not**，問句就完成囉！

## ❶ 主詞是「單數的他/她/牠/它」：使用 does

|  |  |
|---|---|
| 步驟 1 先寫出否定句 | Mr. Li **does not** swim. 李先生不游泳。 |
| 步驟 2 把助動詞 does 移到句首，並改成大寫 | **Does** Mr. Li **not** swim〔句子尚未改完〕 |
| 步驟 3 句尾改成問號 | **Does** Mr. Li **not** swim?〔句子尚未改完〕 |
| 步驟 4 刪除 not | **Does** Mr. Li swim? 李先生游泳嗎？ |

「單數的他」，包含男生、女生、動物或物品，比如 Tina（緹娜，女子名）、rabbit（兔子）等等，例如：Does a rabbit eat meat?（兔子吃肉嗎？）

## ❷ 主詞「不是」單數的他：使用 do

這個類別不用一一背誦，只要把上面第 ❶ 類扣掉，其餘都屬於這個類別。

| | |
|---|---|
| 步驟 1 先寫出否定句 | Helen and Linda **do not** swim.<br>海倫和琳達不游泳。 |
| | ↓ |
| 步驟 2 把助動詞 do 移到句首，並改成大寫 | **Do** Helen and Linda **not** swim<br>〔句子尚未改完〕 |
| | ↓ |
| 步驟 3 句尾改成問號 | **Do** Helen and Linda **not** swim?<br>〔句子尚未改完〕 |
| | ↓ |
| 步驟 4 刪除 not | **Do** Helen and Linda swim?<br>海倫和琳達游泳嗎？ |

如果不熟悉 do 和 does，請先翻閱第 3 單元，了解否定句的用法，再回到本單元，很快就能駕輕就熟囉！

## 跟讀練習

慢速 04-1A

正常速 04-1B

・**主詞是單數**

The girl dances. 這名女孩跳舞。

The girl **does not** dance. 這名女孩不跳舞。

**Does** the girl dance? 這名女孩跳舞嗎？

・**主詞是單數**

Miss Brown watches TV. 布朗小姐看電視。

Miss Brown **does not** watch TV. 布朗小姐不看電視。

**Does** Miss Brown watch TV? 布朗小姐看電視嗎？

・**主詞是複數**

Emily and Tom sing. 艾蜜莉和湯姆唱歌。

Emily and Tom **do not** sing. 艾蜜莉和湯姆不唱歌。

**Do** Emily and Tom sing? 艾蜜莉和湯姆唱歌嗎？

・**主詞是複數**

The boy and the girl study English. 這位男孩和這位女孩研讀英文。

The boy and the girl **do not** study English. 這位男孩和這位女孩不研讀英文。

**Do** the boy and the girl study English? 這位男孩和這位女孩研讀英文嗎？

## 文法表格解析

・主詞是「單數的他/她/牠/它」：使用 does

| 助動詞 | 主詞 | 其餘部分 | 中文 |
|---|---|---|---|
| Does | Steve | eat dinner? | 史帝夫吃晚餐嗎？ |
| | Mr. Lin | teach English? | 林先生教英文嗎？ |
| | the man | drink coffee? | 這位男子喝咖啡嗎？ |

・主詞「不是」單數的他：使用 do

| 助動詞 | 主詞 | 其餘部分 | 中文 |
|---|---|---|---|
| Do | Steve and Mike | eat dinner? | 史帝夫和麥克吃晚餐嗎？ |
| | Mr. Lin and Mr. Li | teach English? | 林先生和李先生教英文嗎？ |
| | the man and the woman | drink coffee? | 這位男子和這位女子喝咖啡嗎？ |

## 文法小提醒

・**助動詞＋原形動詞**

助動詞後面的動詞，必須是「原形動詞」，所以字尾不能加上 s 或 es。例如：

Steve **eats** dinner. 史帝夫吃晚餐。

→ Steve 是「單數的他」，所以後方的一般動詞要加上 s。

Steve **doesn't eat** dinner. 史帝夫不吃晚餐。

→ 助動詞＋原形動詞。因為 does 是助動詞，所以要寫成 eat，不能加 s。

**Does** Steve **eat** dinner? 史帝夫吃晚餐嗎？

→ 和上一句的情況相同。does 是助動詞，所以 eat 必須維持原形動詞。

## 進階跟讀挑戰

慢速分句 04-2A

正常速分句 04-2B

正常速連續 04-2C



1. **Does** Helen often talk to her neighbors?
   海倫常常和她的鄰居講話嗎？

2. **Does** Tina like photos of animals?
   緹娜喜歡動物的照片嗎？

3. **Do** customers take the free shuttle / to the department store?
   顧客是搭乘免費接駁車前往這家百貨公司嗎？

4. **Do** stores buy ugly fruit and vegetables / from local farmers? // **Do** shoppers only like pretty things?
   店家會向當地農夫購買長相不佳的蔬果嗎？購物者只喜歡外表漂亮的東西嗎？

5. **Do** nurses get enough rest? // In some countries, / nurses usually work 60 hours per week.
   護士休息充足嗎？在某些國家，護士通常每週工作六十個小時。

6. **Does** your cat like to be brushed? // My cat Buck / likes to be brushed with a wooden comb.
   你的貓喜歡被梳毛嗎？我的貓巴克，喜歡被木梳子梳理毛髮。

3. shuttle [`ʃʌtl] n. 接駁車
4. local [`lokl] adj. 當地的 / shopper [`ʃɑpɚ] n. 購物者

# 5 be 動詞

動詞共有三種類型：一般動詞、助動詞、be 動詞。前面幾個單元，我們介紹了一般動詞和助動詞，現在來講 be 動詞。

**什麼時候會使用 be 動詞呢？就是當句子裡，沒有一般動詞的時候。**我們複習一下，一般動詞是「有動作」的動詞，例如：eat（吃）、run（跑）。如果句子裡已經有動作，就不需要 be 動詞。舉個例子，John **eats** dinner.（約翰吃晚餐），這個句子有一般動詞「eat（吃）」，所以不需要再寫 be 動詞。

但有些句子並沒有動作，這時候就要派 be 動詞幫忙，句子才會有動詞。例如：Amy **is** a dentist.（艾咪是一位牙醫），「dentist（牙醫）」是名詞，指的是她的職業。「職業名稱」無法做出任何動作，因此句子沒有一般動詞。這個時候，就要找 be 動詞（is/am/are）幫忙，讓這個句子有動詞，句子才能活著。

現在式 be 動詞有以下幾種形式：

### ❶ 主詞是「單數的他/她/牠/它」：使用 is

[他] Harry **is** happy. 哈利很快樂。

[牠] The cat **is** happy. 這隻貓很快樂。

[它] The book **is** thick. 這本書很厚。

### ❷ 主詞是「我（I）」：使用 am

I 是人稱代名詞，在第 7 單元會有詳細說明，這個單元只需要知道 I 搭配的 be 動詞是 am。

[我] I **am** happy. 我很快樂。

### ❸ 其他主詞：一律使用 are

[她們] Jane and Lily **are** happy. 珍和莉莉很快樂。
[牠們] The cat and the dog **are** happy. 這隻貓和這隻狗很快樂。

從上面的例子會發現，be 動詞後面經常接「形容詞或名詞」。這個單元學習的都是 be 動詞的現在式，到了第 18 單元，會再介紹過去式 be 動詞。

## 跟讀練習

慢速 05-1A

正常速 05-1B

・**am / is / are**

I **am** young. 我很年輕。
Jimmy **is** young. 吉米很年輕。
Jimmy and Peter **are** young. 吉米和彼得很年輕。

・**am / is / are**

I **am** old. 我很老。
Ivy **is** old. 艾薇很老。
Ivy and Lily **are** old. 艾薇和莉莉很老。

・**am / is / are**

I **am** kind. 我很親切。
Mr. Lin **is** kind. 林先生很親切。
Mr. Lin and Mr. Chen **are** kind. 林先生和陳先生很親切。

・**am / is / are**

I **am** a dentist. 我是牙醫。
Emily **is** a dentist. 艾蜜莉是牙醫。
Emily and Peter **are** dentists. 艾蜜莉和彼得是牙醫。

・**is / are**

The woman **is** a clerk. 這位女子是店員。
The man **is** a clerk. 這位男子是店員。
The woman and the man **are** clerks. 這位女子和這位男子是店員。

・**is / are**

The boy **is** a student. 這位男孩是學生。
The girl **is** a student. 這位女孩是學生。
The boy and the girl **are** students. 這位男孩和這位女孩是學生。

## 文法表格解析

・主詞是「單數的他/她/牠/它」：使用 is

| 主詞 | be 動詞 | 其餘部分 | 中文 |
|---|---|---|---|
| Steve | is | a clerk. | 史帝夫是一位店員。 |
| The dog | | happy. | 這隻狗很快樂。 |
| The book | | thick. | 這本書很厚。 |

・主詞是「我（I）」：使用 am

| 主詞 | be 動詞 | 其餘部分 | 中文 |
|---|---|---|---|
| I | am | a clerk. | 我是一位店員。 |
| | | happy. | 我很快樂。 |
| | | young. | 我很年輕。 |

・其他主詞：使用 are

| 主詞 | be 動詞 | 其餘部分 | 中文 |
|---|---|---|---|
| Mike and Paul | are | clerks. | 麥克和保羅是店員。 |
| The dog and the cat | | happy. | 這隻狗和這隻貓很快樂。 |
| The man and the woman | | young. | 這位男子和這位女子很年輕。 |

## 文法小提醒

**・把 be 動詞移到句子的開頭，就可以形成問句**

要用 be 動詞詢問「是否…」的問題，只要把 be 動詞移到句子的開頭就可以囉！例如：

Steve **is** a clerk. 史帝夫是店員。 → **Is** Steve a clerk? 史帝夫是店員嗎？

回答的時候，可以這樣說：

Yes, he is (a clerk). 是的，他是店員。 / No, he isn't (a clerk). 不，他不是店員。

## 進階跟讀挑戰

慢速分句 05-2A

正常速分句 05-2B

正常速連續 05-2C



1. <u>Green tea</u> **is** good for health.
綠茶對健康有益。

2. <u>Some live streamers</u> **are** famous / and make a fortune.
有些直播主很有名，並且賺許多錢。

3. <u>The wind</u> **is** so strong / that Tina's long hair keeps blowing.
風是如此地強，以致於緹娜的長髮一直在飛揚。

4. <u>Yo-Yo Ma</u> **is** important / in the music industry. // <u>I</u> **am** his fan.
馬友友在音樂界很重要。我是他的粉絲。

5. For lions, / <u>chasing</u> **is** not just about playing with each other. // <u>It</u> **is** also about catching their food.
對於獅子來說，追逐不僅僅只是和彼此玩耍。這也關乎捕捉牠們的食物。

6. <u>The busiest time</u> **is** weekend evenings, / between 6:30 p.m. and 7:30 p.m. // People go to the restaurant to eat dinner.
最忙碌的時段是週末晚間，在晚上六點半到七點半之間。人們前往那間餐廳吃晚餐。

2. live streamer 直播主 / make a fortune 賺大錢
3. blow [blo] v. 吹，（物品）隨風飄動
4. industry [`ɪndəstrɪ] n. 產業，業界
5. chase [tʃes] v. 追逐

# 6 冠詞與單複數

冠詞共有 a、an、the 這三個，a 和 an 意思是「一個」，它們都「沒有指定」是哪一個。我們來看兩個情境故事，看完以後，馬上就能分辨 a/an/the 的差異囉！

**[情境一]**

你到水果攤想買芭樂，就對老闆說「**a** guava（一顆芭樂）」，老闆聽了，就隨意拿了一顆賣給你。接著，你看到蘋果，又想買蘋果，再對老闆說「**an** apple（一顆蘋果）」，老闆又從一堆蘋果裡，隨意拿了一顆蘋果算錢。上述情境，很清楚地顯示 **a 和 an 都用在「沒有指定」，並且是「單數」的時候**。至於 a 和 an 兩者的使用差異，在於後面單字的音標。apple 開頭的 a，發音是母音 [æ]，因此前面冠詞使用 an。guava 開頭的 g，發音是子音 [g]，所以前面冠詞使用 a。a/an 的句子，就像這樣：

He wants to buy **an** apple. 他想買一顆蘋果。
I want to buy **an** apple and **a** guava. 我想買一顆蘋果和一顆芭樂。

**the 也是冠詞**，不過它對數量的要求很寬鬆，**物品一個、多個皆可，但是它「有指定」**，什麼是有指定呢？我們來看第二個情境。

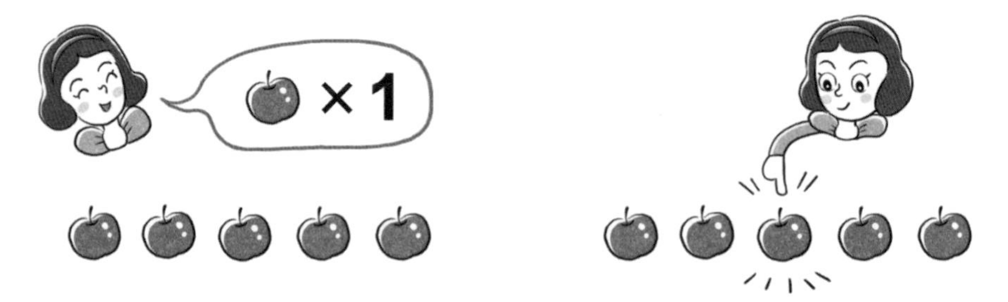


**an** apple：挑哪一顆都可以　　**the** apple：指定要某顆蘋果

**[情境二]**

Tina 到水果攤買芭樂，她看到其中一顆芭樂很大，指定要買那一顆，給她別顆她不買，這個就是「**the** guava（這顆芭樂）」。如果她看到攤子裡，有五顆芭樂都很大，她要買這五顆，那麼就是「**the** guavas（這些芭樂）」。換成買蘋果也一樣，看到攤子上，有一顆蘋果特別紅，指定要買這一顆，就是「**the** apple（這顆蘋果）」。如果自己挑了八顆覺得比較甜，指定要買這八顆，就是「**the** apples（這些蘋果）」。the 的句子，就像這樣：

She wants to buy **the** apple. 她想買這顆蘋果。

I want to buy **the** apples and **the** guavas. 我想買這些蘋果和這些芭樂。

慢速 06-1A　正常速 06-1B

## 跟讀練習

· **無指定＋單數**

Jimmy wants **a** book. 吉米想要一本書。

Steve wants **a** book. 史蒂夫想要一本書。

Jimmy and Steve want **a** book. 吉米和史蒂夫都想要一本書。

· **無指定＋單數**

The monkey wants **an** apple. 這隻猴子想要一顆蘋果。

The bear wants **an** apple. 這頭熊想要一顆蘋果。

The monkey and the bear want **an** apple. 這隻猴子和這頭熊都想要一顆蘋果。

· **無指定＋複數**

The boy likes dogs. 這位男孩喜歡狗。

The girl likes dogs. 這位女孩喜歡狗。

The boy and the girl like dogs. 這位男孩和這位女孩都喜歡狗。

· **有指定＋單數**

Mr. Chen likes **the** car. 陳先生喜歡這輛車子。

Mr. Lin likes **the** car. 林先生喜歡這輛車子。

Mr. Chen and Mr. Lin like **the** car. 陳先生和林先生都喜歡這輛車子。

· **有指定＋單數**

The dog wants **the** ball. 這隻狗想要這顆球。

The cat wants **the** ball. 這隻貓想要這顆球。

The dog and the cat want **the** ball. 這隻狗和這隻貓都想要這顆球。

· **有指定＋複數**

The man wants **the** pens. 這位男子想要這幾枝筆。

The woman wants **the** pens. 這位女子想要這幾枝筆。

The man and the woman want **the** pens. 這位男子和這位女子都想要這幾枝筆。

## 文法表格解析

・各種情況下使用的冠詞

| | 無指定 | 有指定 |
|---|---|---|
| 名詞是單數 | **a** picture 一幅圖畫<br>**an** umbrella 一把雨傘<br>（開頭是母音 [ʌ]，所以使用 an） | **the** picture 這幅圖畫<br>**the** umbrella 這把雨傘 |
| 名詞是複數 | pictures 一些圖畫<br>umbrellas 一些雨傘 | **the** pictures 這些圖畫<br>**the** umbrellas 這些雨傘 |

## 文法小提醒

・**判斷發音，要看「音標」，不是看字母**

**an** honest man 一位誠實的男子

h 不發音，是 o 發母音 [ɑ]，所以用 an。

・**the 的發音，會隨著後面名詞變化**

**the** picture 的 the：

因為 p 是子音發音 [p]，所以前面的 the 發音為 [ðə]。

**the** umbrella 的 the：

因為 u 是母音發音 [ʌ]，所以前面的 the 發音為 [ði]。

・**無指定：複數不加冠詞**

a/an 是「一個」的意思。複數名詞，不需 a/an，而是要在名詞字尾加上 s 。

例：The boy likes dogs. 這位男孩喜歡狗。

（1）like 加 s，是因為主詞是「單數的他」。此部分請參見第 2 單元。

（2）dog 加 s，表示複數，也就是說，狗的數量「多於一隻」。

## 進階跟讀挑戰

慢速分句 06-2A

正常速分句 06-2B

正常速連續 06-2C

1. John wants to be **an** engineer.
   約翰想要當工程師。

2. There is **a** hole / in **the** middle of **the** road.
   馬路中間有個洞。

3. Alice wants to write **a** novel / under **a** different name.
   艾莉絲想用不同的名字寫一本小說。

4. We know **the** shop owner well. // He is **a** kind person.
   我們很了解店主。他是一個善良的人。

5. Eric likes to ask questions. // Some of **the** questions are basic / but important.
   艾瑞克喜歡問問題。有些問題很基礎，但是很重要。

6. **The** hotels have swimming pools and gyms. // If you travel with your family, / this kind of hotel / will be the best choice.
   這些飯店有游泳池和健身房。如果你和家人一起旅行，這種飯店將會是最佳選擇。



1. engineer [ˌɛndʒəˋnɪr] n. 工程師
5. important [ɪmˋpɔrtn̩t] adj. 重要的

# 7 名詞與代名詞

前一個單元介紹了冠詞和單複數。這個單元要進一步說明，不是每一個名詞都同時具有單數和複數。另外，也會介紹常用到的人稱代名詞。我們先看名詞種類。

名詞主要分為「可數名詞」和「不可數名詞」兩類：

## ❶ 可數名詞

**可數名詞就是「數得出數量」的名詞**，例如：one **book**（一本書）、two **books**（兩本書）。數量超過一個，須在名詞字尾加上 s 或 es，稱作「複數」。

One **dog** is black. 一隻狗是黑色的。
Five **cats** are white. 五隻貓是白色的。

## ❷ 不可數名詞

**不可數名詞就是「無法數出數量」的名詞**。為什麼數不出數量呢？因為沒有固定形狀，因此無法計算數量，例如：**water**（水）、**meat**（肉）。打開水龍頭，水嘩啦嘩啦地流，沒有固定形狀，就無法數，因此「water（水）」是不可數名詞。「meat（肉）」也沒有固定形狀，所以也不可數。

**倘若一定要數，我們可以數「容器」的數量**，比如：a *glass* of **water**（一杯水）、two *glasses* of **water**（兩杯水）。這時候，我們數的是 glass（玻璃杯），而不是水。因為杯子是可數名詞，因此使用複數「two *glasses*（兩個玻璃杯）」。

可數名詞

**books** 複數的書

不可數名詞

**water** 水

用單位來數

two *glasses* of **water** 兩杯水

I eat a *bowl* of **rice** every morning. 我每天早上吃一碗飯。

→「rice（米飯）」不可數，因此用「bowl（碗）」來數，這裡是「a bowl of rice（一碗飯）」。

I eat two *bowls* of **rice** every morning. 我每天早上吃兩碗飯。

→這裡數的是「碗的數量」，而不是米飯。有兩個碗，所以是複數「two bowls（兩碗）」。

接下來，我們來看看不同於一般名詞的另一種名詞：人稱代名詞。

| | 主格：當主詞用 | 受格：當受詞用 | 所有格：人／物品為某人所有 |
|---|---|---|---|
| **單數** | I 我<br>you 你<br>he 他<br>she 她<br>it 牠；它 | me 我<br>you 你<br>him 他<br>her 她<br>it 牠；它 | my 我的<br>your 你的<br>his 他的<br>her 她的<br>its 牠的；它的 |
| **複數** | we 我們<br>you 你們<br>they 他們 | us 我們<br>you 你們<br>them 他們 | our 我們的<br>your 你們的<br>their 他們的 |

**人稱代名詞，可以分成主格、受格、所有格。**所謂的「格」，可以想成格子，主詞放在主格這個格子裡；受詞放在受格這個格子裡。主格和受格很相似，容易混淆，現在我們用個簡單方法，就能秒懂兩者的差異。

如果今天要說「我愛她」，she 和 her 都是「她」，我們應該說 I love she. 還是 I love her. 呢？很簡單！**主格是給出愛的人，受格是接受愛的人**。這個句子裡，給出愛的人是我，所以用主格「**I**（我）」。她是接受愛的人，所以用受格「**her**（她）」。

再換個例子，「我愛牠們」，如果想用這個句子，表達我愛我的寵物們，應該說 I love they. 還是 I love them. 呢？還是一樣，寵物們接受我的愛，所以寵物要用受格「**them**（牠們）」。換句話說，給予方是主格，接受方是受格。

講解完主格和受格之後，來看所有格，它的意思是：人或物品是某人所有。聽起來很饒舌，但看例子一下就懂囉！比如：**my** book（我的書），表示書本是我所有；**its** ball（牠的球），表示球是牠所有；**their** house（他們的房子），表示房子是他們所有。除了接物品，所有格後面也可以接人，例如：**my** son（我的兒子）。

下方的句子，總結了主格、受格、所有格的用法，我們再複習一遍囉！

**We** like him. 我們喜歡他。
→「we（我們）」是主詞，在主格的位置

I give **her** a book. 我給她一本書。
→ 她接受書本，所以用「her（受格）」

**Its** name is Popo. 牠的名字是波波。
→「its（牠的）」是所有格，表示名字是牠所有

# 跟讀練習

慢速 07-1A　正常速 07-1B



- **可數名詞**

  One **flower** is red. 一朵花是紅色的。

  Two **flowers** are red. 兩朵花是紅色的。

  Three **flowers** are red. 三朵花是紅色的。

- **可數的單位名詞＋不可數名詞**

  I drink a *cup* of **coffee** every morning. 我每天早上喝一杯咖啡。

  I drink two *cups* of **coffee** every morning. 我每天早上喝兩杯咖啡。

  I drink three *cups* of **coffee** every morning. 我每天早上喝三杯咖啡。

- **人稱代名詞：主格**

  **She** is a nurse. 她是護理師。

  **He** is a nurse. 他是護理師。

  **I** am a nurse. 我是護理師。

- **人稱代名詞：主格**

  **We** are friends. 我們是朋友。

  **They** are friends. 他們是朋友。

  **You** are friends. 你們是朋友。

- **人稱代名詞：受格**

  I love **him**. 我愛他。

  I love **her**. 我愛她。

  I love **them**. 我愛他們。

- **人稱代名詞：所有格**

  **His** car is blue. 他的車子是藍色的。

  **Her** car is blue. 她的車子是藍色的。

  **Their** cars are blue. 他們的車子都是藍色的。

# 文法表格解析

・可數名詞：數量一個

| 數量 | 可數名詞 | 動詞 | 其餘部分 | 中文 |
|---|---|---|---|---|
| One | **table** | is | white. | 一張桌子是白色的。 |
| | **flower** | | red. | 一朵花是紅色的。 |
| | **dog** | | black. | 一隻狗是黑色的。 |

・可數名詞：數量超過一個

| 數量 | 可數名詞 | 動詞 | 其餘部分 | 中文 |
|---|---|---|---|---|
| Two | **tables** | are | white. | 兩張桌子是白色的。 |
| | **flowers** | | red. | 兩朵花是紅色的。 |
| | **dogs** | | black. | 兩隻狗是黑色的。 |

・可數的單位名詞＋不可數名詞：數量一個

| 數量 | 單位＋不可數名詞 | 動詞 | 其餘部分 | 中文 |
|---|---|---|---|---|
| A | *cup* of **coffee** | is | on the table. | 一杯咖啡在桌上。 |
| | *glass* of **water** | | | 一杯水在桌上。 |
| | *piece* of **bread** | | | 一片麵包在桌上。 |

・可數的單位名詞＋不可數名詞：數量超過一個

| 數量 | 單位＋不可數名詞 | 動詞 | 其餘部分 | 中文 |
|---|---|---|---|---|
| Two | *cups* of **coffee** | are | on the table. | 兩杯咖啡在桌上。 |
| | *glasses* of **water** | | | 兩杯水在桌上。 |
| | *pieces* of **bread** | | | 兩片麵包在桌上。 |

## 文法小提醒

・**介系詞＋受格**

常見的介系詞有 in/with/about 等，介系詞後面遇到人稱代名詞，必須使用「受格」。

I go shopping with **her**. 我和她去購物。→ 不可以使用主格 she！

They worry about **me**. 他們擔心我。→ 不可以使用主格 I！

## 進階跟讀挑戰

慢速分句 07-2A

正常速分句 07-2B

正常速連續 07-2C

1. **He** is afraid of anything with **wings**.
   他害怕任何有翅膀的東西。

2. Five **days** later, / these teams started **their** trips / toward the island.
   五天後，這些隊伍開始往島嶼前進。

3. From 1812 to 1879, / about 20,000 (twenty thousand) **bears** were killed.
   從西元 1812 年到 1879 年，大約有 20,000 頭熊遭到殺害。

4. **I** have two **tickets** / for a baseball game. // Yankees versus Red Sox, / front-row seats, / next Sunday. // Are **you** interested?
   我有兩張棒球比賽的門票。洋基隊對陣紅襪隊，前排座位，下週日。你有興趣嗎？

5. Do you want to eat / the last *slice* of **pizza**? // If not, / can **I** have **it**? // **I** am starving.
   你想要吃最後一片比薩嗎？如果不吃的話，我可以吃嗎？我餓壞了。

6. Homeless people may ask for free hot chocolate. // A *cup* of **hot chocolate** is not expensive, / but **it** could warm **them** up / on a cold day.
   遊民可能會索取免費的熱巧克力。一杯熱巧克力並不貴，但在冷天裡可以溫暖他們。

4. front-row [ˋfrʌnt͵ro] adj. 前排的
5. starving [ˋstɑrvɪŋ] adj. 非常飢餓的
6. homeless [ˋhomlɪs] adj. 無家可歸的

# 8 疑問詞：「5W1H」

疑問詞有 5 個 W 開頭的字詞，和 1 個 H 開頭的字詞，以下分別說明。

### ❶ what（什麼）：問內容

下方對話裡，A 詢問「名字內容」。B 回答「Peter（彼得）」，就是「名字內容」的答案。

A: **What** is your name? 你的名字是什麼？

B: My name is Peter. 我的名字是彼得。

### ❷ who（誰）：問對象

回答 who 的提問，答案必須是「姓名」或「關係」，也可以同時說出兩者，就像下方對話，回答她叫 Tina，而且是 B 的姑姑。

A: **Who** is she? 她是誰？

B: She is my aunt, Tina. 她是我的姑姑緹娜。

### ❸ when（何時）：問時間

when 的答案很寬鬆，只要回覆時間皆可，因此可以用星期、點鐘等方式回答。

A: **When** is the baseball game? 棒球比賽是什麼時候？

B: The baseball game is on Wednesday. 棒球比賽在星期三。

或 The baseball game is at 7 p.m. 棒球比賽在晚上七點。

### ❹ why（為什麼）：問原因

對方問 why，可以用「because（因為）」說明原因。

A: **Why** do you go to the park every morning?

為什麼你每天早上去公園呢？

B: I go to the park every morning because I like to go jogging.
我每天早上去公園，是因為我喜歡去慢跑。

### ❺ where（哪裡）：問地點

詢問位置，回答可以是大地點，也可以是小地方，比如一間餐廳。

A: **Where** do you live? 你住哪裡？
B: I live in London. 我住在倫敦。

### ❻ how（如何）：問方法

how 可以詢問達成目標的方法。下方對話裡，目標是抵達圖書館，怎麼抵達的呢？藉由「搭公車（by bus）」。

A: **How** do we get to the library? 我們如何到圖書館呢？
B: By bus. 搭公車。

## 跟讀練習

慢速 08-1A

正常速 08-1B

- **what**
  **What** does John like? 約翰喜歡什麼？
  **What** do you like? 你喜歡什麼？
- **who**
  **Who** is she? 她是誰？
  **Who** are they? 他們是誰？
- **when**
  **When** is the concert? 音樂會是什麼時候呢？
  **When** is the basketball game? 籃球比賽是什麼時候呢？
- **why**
  **Why** is he late? 他為什麼遲到？
  **Why** are you late? 你為什麼遲到？
- **where**
  **Where** is my cell phone? 我的手機在哪裡？
  **Where** are my watch and cell phone? 我的手錶和手機在哪裡？
- **how**
  **How** does she get to the gym? 她如何到健身房？
  **How** do they get to the gym? 他們如何到健身房？

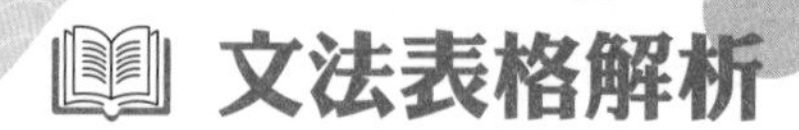

## 文法表格解析

・be 動詞的問句：以第三人稱單數為例

| 疑問詞 | be 動詞 | 其餘部分 | 中文 |
|---|---|---|---|
| What | is | your name? | 你的名字是什麼？ |
| Who | | she? | 她是誰？ |
| When | | the movie? | 電影是什麼時候？ |
| Why | | he late? | 他為什麼遲到？ |
| Where | | Tim? | 提姆在哪裡？ |
| How | | your uncle? | 你叔叔身體好嗎？ |

・助動詞 does 的問句：以第三人稱單數為例

| 疑問詞 | 助動詞 | 其餘部分 | 中文 |
|---|---|---|---|
| What | does | John like? | 約翰喜歡什麼？ |
| Who | | she love? | 她愛誰？ |
| When | | Cindy go to bed? | 辛蒂什麼時候睡覺？ |
| Why | | he stay home? | 他為什麼待在家？ |
| Where | | Tim eat lunch? | 提姆在哪裡吃午餐？ |
| How | | he learn English? | 他如何學英文？ |

## 文法小提醒

・另一個疑問詞：「**which（哪一個）**」

問句中，如果有提供「選項」，會使用 which。

**Which** is better, the pink skirt or the blue skirt? → 共兩項選擇。

哪一個比較好，粉紅色的裙子或是藍色的裙子呢？

## 進階跟讀挑戰

慢速分句 8-2A

正常速分句 8-2B

正常速連續 8-2C



1. **Why** don't you answer his calls?
   你為什麼不接他的電話？

2. **Where** did Alice go / after she walked out of her flower shop?
   艾莉絲離開她的花店以後，去了哪裡？

3. **How** will I face her in the office / if I tell her the truth?
   如果我告訴她真相，我要如何在辦公室面對她？

4. **What** does the word "family" mean? // Some believe / that two people are a family, / regardless of age.
   家庭這個字詞，意味著什麼？有些人相信，不論年齡，兩個人是一個家庭。

5. Helen says / she will wear all black to Mike's birthday party. // She is crazy. // **Who** wears black at a birthday party?
   海倫說她將會穿一身黑，參加麥克的生日派對。她瘋了。誰會在生日派對上穿著黑色呢？

6. **When** can you see a long line of customers / in front of a restaurant? // The answer is noon. // Many customers order takeout at that time.
   你何時會看到一間餐廳前，顧客排著長長的隊伍呢？答案是中午。許多顧客在那時點外帶。

4. regardless of 不管，不論…
6. takeout [`tek͵aʊt] n. 外帶的餐點

# 9 形容詞與副詞

形容詞和副詞，是句子裡的裝飾品，能提供更多細節描述，讓句子更豐富詳盡，不過字數變多，句子也就更長了。

Wendy is a singer. 溫蒂是一位歌手。
[加字] Wendy is a **beautiful** singer. 溫蒂是一位美麗的歌手。
→ 多了形容詞 beautiful（美麗的），讓我們對於溫蒂有更清晰的畫面。
Wendy sings. 溫蒂唱歌。
[加字] Wendy sings **beautifully**. 溫蒂唱歌唱得很美妙。
→ 多了副詞 beautifully（美妙地），讓我們更了解溫蒂唱歌的細節。

Wendy is a **beautiful** singer.

Wendy sings **beautifully**.

那麼，什麼時候要用形容詞？什麼時候使用副詞呢？

## ❶ 形容詞

cute（可愛的）、smart（聰明的）、happy（快樂的），都是形容詞。形容詞可以加在名詞前面，修飾名詞。

Popo is a **cute** dog. 波波是隻可愛的狗。
→ 形容詞「cute（可愛的）」修飾名詞 dog。

形容詞也可以**接在 be 動詞後面**，補充說明主詞。

Popo is **cute**. 波波很可愛。

→ 形容詞「cute」補充說明波波，讓我們更了解波波的細節資訊。

## ❷ 副詞：主要修飾動詞或形容詞

相較於形容詞，副詞的位置比較複雜。不同類型的副詞，在句中有不同的位置，修飾的詞性也不完全相同。不過，無論是哪一個類型的副詞，只要句子結構完整，副詞都可以刪除，因為副詞只是句子的裝飾品，並不是必備品。

| 類型 | 舉例 |
| --- | --- |
| 情狀副詞 | beautifully 優美地、happily 快樂地 |
| 時間副詞 | yesterday 昨天、tomorrow 明天 |
| 地方副詞 | there 那裡、here 這裡 |
| 程度副詞 | very 非常、so 如此地 |
| 頻率副詞 | always 總是、sometimes 有時候 |

### 情狀副詞：經常放在句子後面

以上五種副詞類型，「情狀副詞」的數量最多，主要用來修飾動詞，表示「動作的狀態」。

Helen dances **beautifully**. 海倫跳舞跳得很優美。

→ 副詞「beautifully（優美地）」，修飾一般動詞「dance（跳舞）」。

Lisa treats people **kindly**. 麗莎親切對待他人。

→ 副詞「kindly（親切地）」，修飾一般動詞「treat（對待）」。

### 時間副詞：經常放在句子後面

表示某事件發生的時間點，比如 tomorrow（明天）、last night（昨晚）。

I went to the museum **yesterday**. 我昨天去博物館。

→ 刪除「yesterday（昨天）」，句子結構仍然完整，只是不知道是什麼時候去的博物館：I went to the museum.（我去了博物館）。

**地方副詞：經常放在句子後面**

表示某事件發生的地點，例如：here（這裡）、there（那裡）。

We ate lunch **there**. 我們在那裡吃了午餐。

→ 刪除「there（那裡）」，句子結構仍然完整，不過少了地點：We ate lunch.（我們吃了午餐）。

**程度副詞：放在形容詞和副詞前面**

very（非常）、so（如此地）都是程度副詞，描述形容詞和副詞的程度。

It is **very** cold. 天氣非常冷。

→「cold（寒冷的）」是形容詞，「very（非常）」是副詞。兩個單字合在一起，寫成 very cold（非常冷）。

very 可刪除，句子結構仍完整：It is cold.（天氣寒冷）。

He drives **very** fast. 他開車開得非常快。

→ 副詞「very（非常）」，修飾副詞「fast（快速地）」。兩個單字合在一起，寫成 very fast（非常快速地）。

very 可刪除，句子結構仍完整：He drives fast.（他開得快）

**頻率副詞：經常用在一般動詞前面，或 be 動詞後面**

always（總是）、usually（通常）、sometimes（有時候），都是頻率副詞，表示事情多常發生。

I **always** remember my friends. 我總是記得我朋友。

→ 刪除「always（總是）」，句子結構仍然完整：I remember my friends.（我記得我朋友）。

He is **always** late. 他總是遲到。

→ 刪除「always（總是）」，句子結構仍然完整：He is late.（他遲到）。

這個單元介紹形容詞，以及五種副詞類型，和它們在句子裡的位置。閱讀時，不需要硬背下這些位置，只要知道有這些類型和用法，這樣就可以囉！

# 跟讀練習

慢速 09-1A

正常速 09-1B

- **形容詞接在 be 動詞後**

The dog is **happy**. 這隻狗很快樂。

The cat is **happy**. 這隻貓很快樂。

The dog and the cat are **happy**. 這隻狗和這隻貓很快樂。

- **形容詞修飾名詞**

John is a **careful** driver. 約翰是一位謹慎的駕駛。

Amy is a **careful** driver. 艾咪是一位謹慎的駕駛。

John and Amy are **careful** drivers. 約翰和艾咪是謹慎的駕駛。

- **情狀副詞**

She dances. 她跳舞。

She dances **beautifully**. 她優雅地跳舞。

She dances **happily**. 她快樂地跳舞。

- **時間副詞**

They went to school. 他們上學了。

They went to school **yesterday**. 他們昨天上學了。

They went to school **last week**. 他們上禮拜上學了。

- **地方副詞**

The dog runs. 這隻狗奔跑。

The dog runs **there**. 這隻狗跑到那裡。

The dog runs **here**. 這隻狗跑到這裡。

- **程度副詞**

The movie is good. 那部電影很好。

The movie is **very** good. 那部電影非常好。

The movie is **so** good. 那部電影如此地好。

- **頻率副詞**

I eat breakfast. 我吃早餐。

I **always** eat breakfast. 我總是吃早餐。

I **sometimes** eat breakfast. 我有時候吃早餐。

## 文法表格解析

・形容詞直接接在 be 動詞後

| 主詞 | be 動詞 | 形容詞 | 中文 |
|---|---|---|---|
| Popo | is | **cute.** | 波波很可愛。 |
| Steve and Tim | are | **smart.** | 史帝夫和提姆很聰明。 |

・形容詞修飾名詞

| 主詞 | be 動詞 | 形容詞＋名詞 | 中文 |
|---|---|---|---|
| Popo | is | a **cute** dog. | 波波是一隻可愛的狗。 |
| Steve and Tim | are | **smart** boys. | 史帝夫和提姆是聰明的男孩。 |

・情狀／時間／地方副詞（sang 是 sing 的「過去式」：參見第 18 單元）

| 主詞 | 動作 | 副詞 | 中文 |
|---|---|---|---|
| She | sang the song | **beautifully.** | 她優美地唱了那首歌。 |
| | | **yesterday.** | 她昨天唱了那首歌。 |
| | | **there.** | 她在那裡唱了那首歌。 |

・程度副詞＋形容詞

| 主詞 | be 動詞 | 程度副詞 | 形容詞 | 中文 |
|---|---|---|---|---|
| The movie | is | **very** | good. | 那部電影非常好。 |

・頻率副詞＋一般動詞

| 主詞 | 頻率副詞 | 動作 | 中文 |
|---|---|---|---|
| I | **always** | eat breakfast. | 我總是吃早餐。 |

## 文法小提醒

・**「不是每個」句子的形容詞和副詞都可以刪除**

如果刪除後，句子結構不完整，就不能刪除哦！

He is **smart**. 他很聰明。

→ 形容詞「smart（聰明的）」不能刪除，因為刪除以後，句子變成 He is

（他是），句子結構不完整，意思也不完全，句子無法活著！

## 進階跟讀挑戰

慢速分句 09-2A　正常速分句 09-2B　正常速連續 09-2C

1. We know you want to look like movie stars / with **thin** waists, / but you are **already pretty**.
   我們知道妳想看起來像一些細腰的電影明星，但妳已經很漂亮了。

2. John **quickly** put his things back / into the **wooden** box / and looked at me **angrily**.
   約翰很快地把他的東西放回木盒裡，並生氣地看著我。

3. Anyone who reads his detective novels / will **quickly** see **some logical** problems.
   任何閱讀他偵探小說的人，都會很快地發現一些邏輯上的問題。

4. Mr. Li is **crazy** / to give me so **many new** phrases. // Who can remember these things?
   李先生（老師）真是瘋了，給我這麼多新片語。誰能記住這些東西呢？

5. **Wild** animals have **unique** ways / to face **dangerous** moments in nature. // The **furry** koala, / a kind of **light gray** animal in Australia, / is an example.
   野生動物有獨特方式面對大自然裡的危險時刻。毛茸茸的無尾熊，是澳洲一種淺灰色動物，就是一個例子。

6. After days of **bad** weather / and **little** water, / Mike lost his team members. // He was the **last** one / to lose his life. // No one on his team was **alive**.
   在多日的惡劣天氣和少量飲水後，麥克失去他的隊員。他是最後一位喪生的。他的隊伍無人生還。

1. waist [west] n. 腰
3. detective [dɪ`tɛktɪv] adj. 偵探的 / logical [`lɑdʒɪkl] adj. 邏輯的
4. phrase [frez] n. 片語
5. furry [`fɝɪ] adj. 毛茸茸的

# 10 介系詞

**介系詞後面會加上名詞，形成「介系詞片語」**。介系詞用法中，最基本的類型是：地方介系詞、時間介系詞。

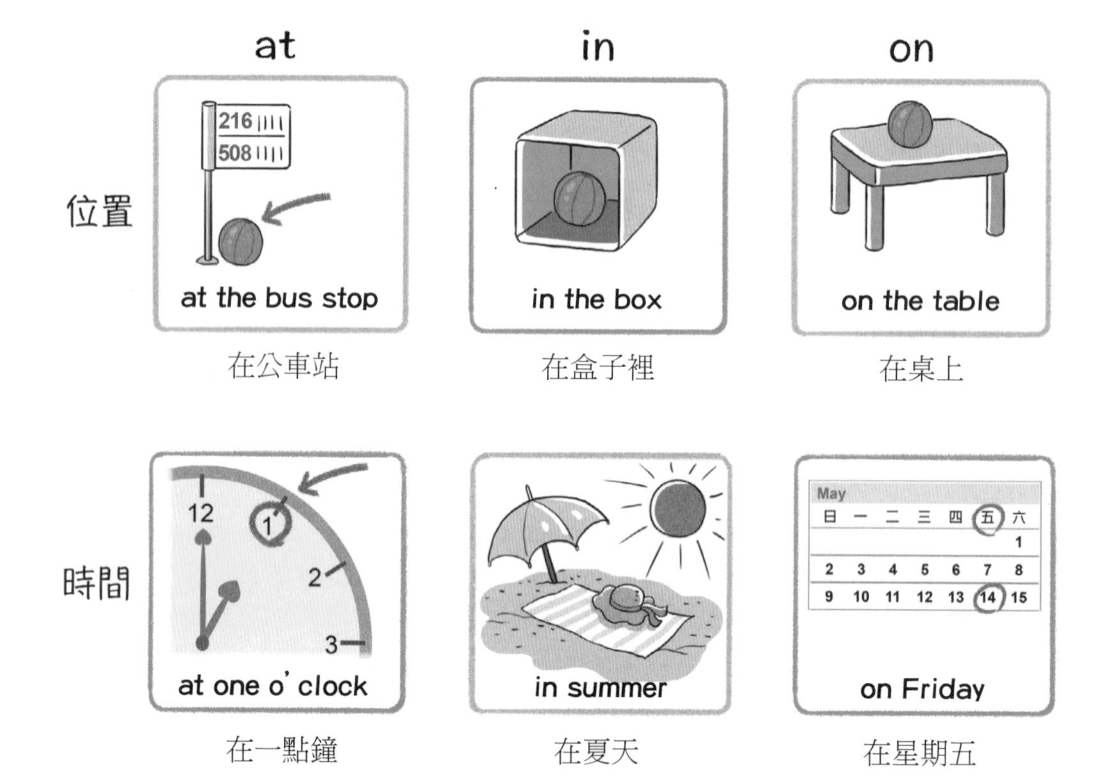


### ❶ 地方介系詞：介系詞＋表示地點/位置的名詞

| 介系詞 | 意思 | 舉例 |
|---|---|---|
| in | 在…（某個空間）裡面 | in the house 在房子裡、in the box 在盒子裡 |
| on | 在…上面 | on the table 在桌上、on the wall 在牆上 |
| at | 在…地點 | at the gym 在健身房、at the bus stop 在公車站 |

at 的意思是「在…地點」，並沒有特別指出在裡面，還是外面。如果今天跟朋友約好見面地點「at the zoo（在動物園）」，那麼我們會在大門口附近等朋友（不一定在門內或門外，但無論如何，不會離門口太遠）。

## ❷ 時間介系詞：介系詞＋表示時間的名詞

| 介系詞 | 用法 | 舉例 |
|---|---|---|
| at | ＋短時間（時刻） | at ten o'clock 在 10 點鐘、at noon 在中午 |
| in | ＋長時間 | in May 在 5 月、in summer 在夏天 |
| on | ＋day（天，日期） | on Monday 在星期一、on January 23 在 1 月 23 日 |

The basketball game is **at** six o'clock. 籃球比賽在 6 點鐘。
Lisa likes to go swimming **in** summer. 麗莎夏天喜歡去游泳。
My art class is **on** Thursday. 我的美術課在星期四。

不過，並不是每個時間的前面，都一定要放介系詞，比如 today（今天）、tomorrow（明天）、yesterday（昨天），前面就不需要放介系詞。

I will go shopping tomorrow. 我明天將去購物。
What is the date today? 今天幾月幾日？（date：日期）

## ❸ 其他介系詞的用法

除了 in/on/at 以外，還有其它常用介系詞，它們也有特定用途，以下列出幾個比較有代表性的介系詞用法。

**for**：表示「給予」或「為了…」
This gift is **for** you. 這個禮物是給你的。

**with**：表示「和…一起」或「用…工具」
I go to the zoo **with** Tina. 我和緹娜去動物園。
I draw a picture **with** a pencil. 我用鉛筆畫圖。

**by**：表示「藉由…方法」
I go to the library **by** bus. 我搭公車去圖書館。

**of**：表示「屬於⋯的」

Two legs **of** the table are black. 這張桌子的兩隻腳是黑色的。

→ 看到 of，就從後面所接的名詞開始，往前面翻譯。翻譯順序：

① 桌子（the table）② of（的）③ two legs（兩隻腳）

在上面的句子裡，be 動詞是複數的 are，因為這個句子的主詞，是「two legs of the table（這張桌子的兩隻腳）」，桌腳有兩隻，所以動詞要使用複數形。

介系詞在文法觀念裡，算是比較細節瑣碎的內容，不過常用介系詞也就只有那幾個，只要把握介系詞的使用原則，就不困難囉！

# 跟讀練習

慢速 10-1A

正常速 10-1B

- **時間介系詞**

  The event is **at** eight o'clock. 這場活動是在 8 點鐘。

  The event is **in** the morning. 這場活動是在早上。

  The event is **on** March 25. 這場活動是在 3 月 25 日。

- **時間介系詞**

  The party is **at** nine o'clock. 這場派對是在 9 點鐘。

  The party is **in** the afternoon. 這場派對是在下午。

  The party is **on** September 8. 這場派對是在 9 月 8 日。

- **地方介系詞**

  The picture is **in** the box. 這幅圖畫在盒子裡。

  The picture is **on** the wall. 這幅圖畫在牆壁上。

  The picture is **at** the library. 這幅圖畫在圖書館。

- **地方介系詞**

  Emily is **in** the house. 艾蜜莉在房子裡。

  Emily is **on** the second floor. 艾蜜莉在二樓。

  Emily is **at** the zoo. 艾蜜莉在動物園。

- **by**

  We travel **by** train. 我們搭火車旅行。

  You travel **by** bus. 你們搭公車旅行。

  They travel **by** car. 他們乘汽車旅行。

- **with**

  I paint **with** a brush. 我用刷子油漆。

  I chop **with** a knife. 我用刀子切東西。

  I eat **with** chopsticks. 我用筷子吃東西。

- **of**

  One **of** the dogs is white. 那些狗的其中一隻是白色的。

  Two **of** the dogs are black. 那些狗的其中兩隻是黑色的。

  Three **of** the dogs are yellow. 那些狗的其中三隻是黃色的。

## 文法表格解析

・時間介系詞

| 主詞 | 動詞 | 介系詞＋時間 | 中文 |
|---|---|---|---|
| The concert | is | **at** seven o'clock. | 音樂會在 7 點鐘。 |
| | | **in** the evening. | 音樂會在晚間。 |
| | | **on** Saturday. | 音樂會在星期六。 |

・地方介系詞

| 主詞 | 動詞 | 介系詞＋地點 | 中文 |
|---|---|---|---|
| The ball | is | **in** the room. | 這顆球在房間裡。 |
| | | **on** the third floor. | 這顆球在 3 樓。 |
| | | **at** the park. | 這顆球在公園。 |

・介系詞 **of** 構成的主詞：**of** 前面的名詞單複數，決定動詞的形式

| 主詞 | | | be 動詞 | 形容詞 | 中文 |
|---|---|---|---|---|---|
| 名詞 | of | 名詞 | | | |
| The color | of | her hair | **is** | black. | 她頭髮的顏色是黑色。 |
| The cover | | the book | | red. | 這本書的封面是紅色。 |
| The walls | | the house | **are** | white. | 這間房子的牆壁是白色的。 |
| Two legs | | the chair | | broken. | 這張椅子的兩隻腳是壞的。 |

## 文法小提醒

・「動詞＋介系詞」的片語組合

介系詞也經常和一般動詞、be 動詞搭配，形成片語。

He **looks at** me. 他注視著我。[look at 注視]

She **is good at** swimming. 她擅長游泳。[be good at 擅長]

# 進階跟讀挑戰

慢速分句 10-2A

正常速分句 10-2B

正常速連續 10-2C

1. The paint **on** the bedroom walls is pink.
   臥室牆壁的油漆是粉紅色的。

2. Tina sounded glad / when we talked **on** the phone.
   當我們在講電話時，緹娜聽起來很高興。

3. While he was reading **in** the living room, / someone rang the doorbell.
   當他正在客廳看書時，有人按了門鈴。

4. When Eric was walking **in** the zoo, / he heard a girl calling his name. // He looked back, / but he didn't see anything / **except** a squirrel.
   當艾瑞克正在動物園裡走著，他聽到有位女孩叫他的名字。他回頭看，但除了一隻松鼠以外，並沒有看到任何東西。

5. For many people, / it is hard to get up early **for** work. // It is also tiring / to discuss **with** co-workers / **in** the early morning.
   對於許多人來說，早起上班是很困難的一件事情。一大清早要和同事討論也很累人。

6. This romantic novel / has been made **into** a movie, / but I am not interested. // **In** this movie, / a woman has a big argument / **with** her husband.
   這部愛情小說已經被拍成電影，但是我不感興趣。在電影中，女子和她先生有很大的爭執。

1. paint [pent] n. 油漆
2. sound [saʊnd] v. 聽起來
4. squirrel [ˋskwɝəl] n. 松鼠
5. co-worker [ˋkoˋwɝkɚ] n. 同事
6. romantic [rəˋmæntɪk] adj. 浪漫愛情的 / argument [ˋɑrgjəmənt] n. 爭執

# 11 對等連接詞

從這個單元開始，是第二階段，也就是初級文法範圍裡，比較進階的觀念。首先要介紹的是連接詞，它分成：「對等連接詞」和「從屬連接詞」。這個單元，我們先介紹「對等連接詞」，下個單元就會講解「從屬連接詞」囉！

所謂對等，指的是「**地位對等**」，包括：**名詞對上名詞、形容詞對上形容詞**等等。常用的對等連接詞，有以下這幾個：

| 對等連接詞 | 中文 | 連接…（相同的詞性或結構） |
|---|---|---|
| and | …和… | 性質相同，或者「在一起」的事物 |
| or | …或者… | 兩個可能的選擇 |
| so | …所以… | 原因和結果 |
| but | …但是… | 前後語氣相反 |

Peter **and** Tina are friends. 彼得和緹娜是朋友。

→ 名詞對上名詞，這裡的主詞是「Peter and Tina」，主詞總共兩個人，所以動詞使用複數形 are。

We can go to the library **or** the museum. 我們可以去圖書館或博物館。

→ 名詞對上名詞。對等連接詞也可以像這樣，使用在主詞以外的部分。

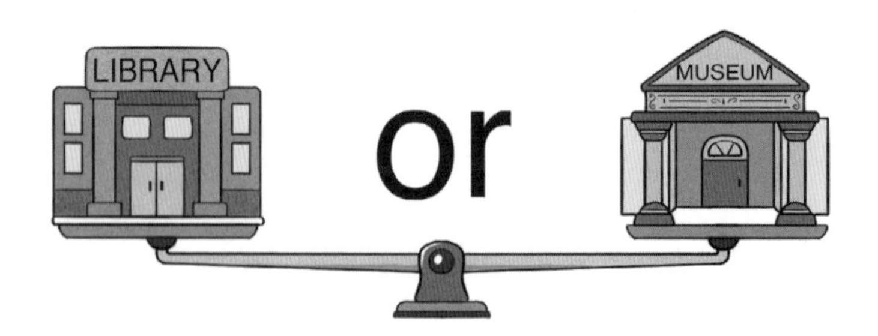


Are you hungry **or** thirsty? 你肚子餓了，還是口渴了嗎？

→ 形容詞對上形容詞。

Paul is sick, **so** he stays home. 保羅生病，所以他待在家。

→ 「Paul is sick」是原因，「he stays home」是結果，兩者皆為句子，地位對等。在對等連接詞 so 前面的句子，結尾要加逗號。

I want to go shopping, **but** I am too busy. 我想去購物，但是我太忙了。

→ but 左側，表示想去購物；右側，顯示我恐怕沒空前往，語氣前後相反。在對等連接詞 but 前面的句子，結尾要加逗號。

## 跟讀練習

慢速 11-1A

正常速 11-1B

- **動詞＋動詞**

We sing **and** dance. 我們唱歌和跳舞。

You run **and** jump. 你們奔跑和跳躍。

They cry **and** smile. 他們哭泣和微笑。

- **動詞片語＋動詞片語**

He goes fishing **or** goes swimming. 他去釣魚或游泳。

She goes hiking **or** goes shopping. 她去健行或購物。

They go camping **or** go mountain climbing. 他們去露營或登山。

- **名詞＋名詞**

Diana **and** Jane are friends. 黛安娜和珍是朋友。

Diana **and** I are roommates. 黛安娜和我是室友。

You, he, **and** I are neighbors. 你、他和我是鄰居。

- **形容詞＋形容詞**

Is the girl tall **or** short? 這女孩是高或矮？

Is the house big **or** small? 這房子是大或小？

Is the book thick **or** thin? 這書本是厚或薄？

- **句子＋句子**

The boy is hungry, **so** he eats a hamburger. 這位男孩很餓，所以他吃漢堡。

The girl is thirsty, **so** she drinks water. 這位女孩很渴，所以她喝水。

The boy and the girl are curious, **so** they ask questions.
這位男孩和這位女孩很好奇，所以他們問問題。

- **句子＋句子**

The coat is old, **but** it is warm. 這件外套很舊，但是很溫暖。

The soup is spicy, **but** it is delicious. 這湯品味道強烈，但是很美味。

The baby is skinny, **but** it is healthy. 這嬰兒瘦如皮包骨，但是很健康。

## 文法表格解析

・**and**（…和…）：性質相同，或者「在一起」的事物

| 主詞 | 成分 1 | 對等連接詞 | 成分 2 | 中文 |
|---|---|---|---|---|
| We | eat | and | drink. | 我們吃東西和喝東西。 |
| | watch TV | | eat dinner. | 我們看電視和吃晚餐。 |

・**or**（…或…）：兩個可能的選擇

| 主詞 | 成分 1 | 對等連接詞 | 成分 2 | 中文 |
|---|---|---|---|---|
| They | stay home | or | play baseball. | 他們待在家或打棒球。 |
| | visit friends | | go to the park. | 他們拜訪朋友或去公園。 |

・**so**（…所以…）：原因和結果

| 句子 1 | 對等連接詞 | 句子 2 | 中文 |
|---|---|---|---|
| She is thirsty | , so | she drinks water. | 她口渴，所以她喝水。 |
| She eats breakfast | | she is healthy. | 她吃早餐，所以她很健康。 |

・**but**（…但是…）：前後語氣相反

| 句子 1 | 對等連接詞 | 句子 2 | 中文 |
|---|---|---|---|
| I am sleepy | , but | I go to work. | 我很想睡，但我去上班。 |
| I drink tea | | I don't like it. | 我喝茶，但我不喜歡它。 |

## 文法小提醒

・對等連接詞也有 **not only... but also...、both... and...** 這種前後搭配的形式

**not only... but also...**（不僅…而且…）

Helen is **not only** cute **but also** smart. 海倫不僅可愛，而且很聰明。

**both... and...**（…和…都）

**Both** Steve **and** Paul like tea. 史帝夫和保羅都喜歡茶。

→ both... and... 使用「複數動詞」。

# 進階跟讀挑戰

慢速分句 11-2A　正常速分句 11-2B　正常速連續 11-2C



1. They were glad to see each other, / **so** they went to a movie together.
   他們很高興看到彼此，所以他們一起去看電影。

2. The shuttle is packed with people, / **but** I like the ride every morning.
   接駁車擠滿了人，但是我喜歡每天早上搭乘的感覺。

3. The owners of the restaurant / are Paul **and** Steve, / two African Americans.
   這間餐廳的老闆是兩位非裔美國人，保羅和史帝夫。

4. Yujing (玉井) Old Street / is a busy street in Tainan. (台南) // Although the street / is only about one hundred meters long, / there are an eighty-year-old photography shop / **and** three one-hundred-year-old Chinese pharmacies / on this street. // Every weekend, / tourists flock to the spot. // Many of them go there / to eat mango shaved ice. // Each ice shop on the street / is full of tourists. // They want to eat a bowl of shaved ice / with fresh mango chunks, / mango jam, / dried mango, / **and** a scoop of mango ice cream. // Do you like mango shaved ice? // How about taking a trip / to Yujing next Saturday?
   玉井老街是台南一條熱鬧的街道。雖然這條街只有大約一百公尺長，卻有著一家八十年歷史的照相館和三家百年的中藥房。每逢週末，遊客湧入這個景點。其中許多人是為了吃芒果冰而去那裡。街上的每間冰店，都是滿滿的遊客。他們想吃一碗刨冰，裡面裝有新鮮芒果塊、芒果果醬、情人果（醃青芒果），還有一球芒果冰淇淋。你喜歡芒果冰嗎？下週六來趟玉井之旅如何？

2. be packed with 擠滿… / ride [raɪd] n. 乘坐
4. Chinese pharmacy 中藥房 / flock to 湧入… / shaved ice 刨冰 / tourist [`tʊrɪst] n. 觀光客 / chunk [tʃʌŋk] n. 大塊 / scoop [skup] n. 一勺，（冰淇淋）一球

# 12 從屬連接詞

從屬連接詞，由於是「從屬」關係，因此連接詞**前後字詞的地位並不對等**，可以想像成一邊是老大，另一邊是小跟班。

| 從屬連接詞 | 中文 | 表示… |
| --- | --- | --- |
| when | 當 | 在某個時間點 |
| before | 之前 | 在…時間點之前 |
| after | 之後 | 在…時間點之後 |
| although (though) | 雖然 | 前後語氣轉折 |
| because | 因為 | 原因 |

有從屬連接詞的那一邊，是小跟班，因為它無法單獨存在，比如下方這個句子，不能只說 before I go to school（在我上學之前），因為這樣話並沒有說完，到底上學之前如何呢？所以，還需要一個提供主要意義的句子，才能表達完整意思。

在我上學之前，我通常吃早餐。

從屬連接詞所連結的兩個句子，可以前後對調。從屬連接詞擺放在句子中間時，不用加逗點。請注意下方句子裡的標點符號。

**Before** I go to school, I usually eat breakfast.
= I usually eat breakfast **before** I go to school.
在我上學之前，我通常吃早餐。

**Although** Jane is sick, she works hard.
= Jane works hard **although** she is sick.
雖然珍病了，她還是努力工作。

**Because** Kevin is tired, he doesn't go out.
= Kevin doesn't go out **because** he is tired.
因為凱文感到疲倦，所以他不外出。

## 跟讀練習

慢速 12-1A

正常速 12-1B

請注意同一個人或事物，在句中再次出現時，會用代名詞稱呼。

· **when**

**When** Sandy reads a book, she drinks tea. 當珊蒂看書時，她喝茶。
Sandy drinks tea **when** she reads a book. 當珊蒂看書時，她喝茶。

· **before**

**Before** Tom eats breakfast, he usually washes his face.
在湯姆吃早餐之前，他通常洗臉。
Tom usually washes his face **before** he eats breakfast.
在湯姆吃早餐之前，他通常洗臉。

· **after**

**After** Lucy eats lunch, she often goes jogging. 在露西吃午餐以後，她常去慢跑。
Lucy often goes jogging **after** she eats lunch. 在露西吃午餐以後，她常去慢跑。

· **although**

**Although** Mr. Wang is rich, he is stingy. 雖然王先生很有錢，但他很吝嗇。
Mr. Wang is stingy **although** he is rich. 雖然王先生很有錢，但他很吝嗇。

· **though**

**Though** the skirt is old, it is beautiful. 雖然這條裙子很舊，但它很美。
The skirt is beautiful **though** it is old. 雖然這條裙子很舊，但它很美。

· **because**

**Because** Amy is weak, she can't go to the party.
因為艾咪很虛弱，所以她不能去派對。
Amy can't go to the party **because** she is weak.
因為艾咪很虛弱，所以她不能去派對。

# 文法表格解析

・從屬連接詞在句首

| 從屬連接詞 | 句子一 | 句子二 | 中文 |
|---|---|---|---|
| **When** | I watch TV, | I drink coffee. | 當我看電視時，我喝咖啡。 |
| **Before** | she goes to bed, | she watches TV. | 她睡覺前看電視。 |
| **After** | he eats lunch, | he drinks tea. | 吃午餐之後，他喝茶。 |
| **Although** | I am busy, | I swim every day. | 雖然我很忙，但我每天游泳。 |
| **Because** | she likes pets, | she has a dog. | 因為她喜歡寵物，所以有隻狗。 |

・從屬連接詞在句中

| 句子二 | 從屬連接詞 | 句子一 | 中文 |
|---|---|---|---|
| I drink coffee | **when** | I watch TV. | 當我看電視時，我喝咖啡。 |
| She watches TV | **before** | she goes to bed. | 她睡覺前看電視。 |
| He drinks tea | **after** | he eats lunch. | 吃午餐之後，他喝茶。 |
| I swim every day | **although** | I am busy. | 雖然我很忙，但我每天游泳。 |
| She has a dog | **because** | she likes pets. | 因為她喜歡寵物，所以有隻狗。 |

# 文法小提醒

・**不可同時使用「because（因為）」和「so（所以）」**

**Because** she likes pets, she has a dog.

= She likes pets, **so** she has a dog.

→ 兩個動詞，搭配一個連接詞。because 和 so 都是連接詞，所以用其中一個即可。

・**不可同時使用「although（雖然）」和「but（但是）」**

**Although** I am busy, I swim every day.

= I am busy, **but** I swim every day.

→ 原因相同。由於 although 和 but 都是連接詞，所以使用一個就好。

# 進階跟讀挑戰

慢速分句 12-2A　正常速分句 12-2B　正常速連續 12-2C

1. Take the road in front of the bus stop **after** you get off the bus.
   你下公車之後，走公車站牌前面的那條路。

2. "No failures, / no experiences." // He always says that / **when** he burns chicken.
   「沒有失敗，就沒有經驗」。當他把雞肉烤焦時，他總是那樣說。

3. Customers go into the seafood restaurant / **because** they are hungry.
   顧客進入海鮮餐廳，因為他們餓了。

4. The coffee shop / is in an indigenous village / of Taitung (台東). // **Because** there is no parking lot, / customers usually park their cars / on the sides of the road. // Seating is outdoors / and close to a church. // **When** customers sit there, / they can see mountains / and a winding river. // The view is beautiful. // By the way, / the coffee shop also sells local produce, / such as ginger. // If you go to Taitung, / you can drink coffee there.
   這間咖啡店，是在台東一個原住民村莊裡。因為沒有停車場，所以客人通常把車子停在馬路邊。座位都在戶外，接近一間教堂。客人坐在那裡時，可以看到山脈和一條蜿蜒的河流。景色很美。順帶一提，咖啡店也販賣當地農產品，例如薑。如果你到台東，不妨在那裡喝杯咖啡。



4. indigenous [ɪn`dɪdʒɪnəs] adj. 土生土長的，原住民的 / seating [`sitɪŋ] n.（某個地方的全部）座位 / winding [`waɪndɪŋ] adj. 蜿蜒的

# 13 主動與被動

主動和被動的觀念，稱作「語態」。大部分的句子，都是主動，就像下方左側圖片，艾莉絲幫狗洗澡。右側圖片，則是被動，狗「被」艾莉絲洗，因為狗不會自己拿著蓮蓬頭、塗抹清潔劑，所以是被主人洗。

主動：Alice **washes** the dog.
艾莉絲幫狗洗澡。

被動：The dog **is washed** by Alice.
狗被艾莉絲洗。

## ❶ 主動：主詞 + 動詞

使用一般動詞時，主詞通常是人或其他動物，因為必須「有生命」，才能主動做動作。

People **speak** English in America. 人們在美國說英語。
→ 主詞是 people，動詞是 speak

## ❷ 被動：主詞 + be 動詞 + 過去分詞

主詞可以是人，也可以是物品、事件等。**過去分詞不是動詞，而是形容詞**！這點一定要記住喔！（過去分詞的詳細說明，請見第 19 和 25 單元）

English **is spoken** by people in America. 英文在美國被人們說。
→ 主詞是 English，動詞是 is。spoken 是過去分詞，也就是形容詞。by 是介系詞，意思是「被」，後面接「做這個動作的人」，例如：by people（被人們）、by Alice（被艾莉絲）。

再看幾個主動轉成被動的句子。

[主動] Alice **washes** the dog every Friday. 艾莉絲每週五洗狗。

[被動] The dog **is washed** by Alice every Friday. 這隻狗每週五被艾莉絲清洗。

[主動] Mr. Chen **teaches** Spanish. 陳先生教西班牙語。

[被動] Spanish **is taught** by Mr. Chen. 西班牙語是陳先生所教的。

→ taught 是 teach 的過去分詞。

[主動] We **clean** the rooms every week. 我們每週打掃這些房間。

[被動] The rooms **are cleaned** by us every week.

這些房間每週由我們打掃。（提醒：by 是介系詞，後面須接受格 us，不可用主格 we）

## 跟讀練習

慢速 13-1A

正常速 13-1B

- **被動態的主詞是單數**

  [主動] Steve **washes** the car every day. 史蒂夫每天洗車。

  [被動] The car **is washed by** Steve every day. 車子每天由史蒂夫清洗。

- **被動態的主詞是單數**

  [主動] Tim **closes** the door. 提姆關門。

  [被動] The door **is closed by** Tim. 門被提姆關上。

- **被動態的主詞是單數**

  [主動] They **love** the dog. 他們愛這隻狗。

  [被動] The dog **is loved by** them. 這隻狗被他們愛著。

- **被動態的主詞是複數**

  [主動] Mike **cleans** the windows every day. 麥克每天清潔這幾扇窗戶。

  [被動] The windows **are cleaned by** Mike every day.

  這幾扇窗戶每天是由麥克清潔。

- **被動態的主詞是複數**

  [主動] Tina **writes** two novels every year. 緹娜每年寫兩本小說。

  [被動] Two novels **are written by** Tina every year. 兩本小說每年由緹娜撰寫。

- **被動態的主詞是複數**

  [主動] The woman **washes** the dogs every Thursday.

  這位女子每週四清洗這些狗。

  [被動] The dogs **are washed by** the woman every Thursday.

  這些狗每週四由這位女子清洗。

## 文法表格解析

・主動語態：人主動說話、打掃、清洗

| 主詞 | 動詞 | 受詞 | 中文 |
|---|---|---|---|
| They | **speak** | English. | 他們講英語。 |
| | **clean** | the room. | 他們打掃這房間。 |
| | **wash** | the cars. | 他們洗這幾輛車。 |

・被動語態：語言被人講、物品被人打掃或清洗

| 主詞 | 動詞（be + 過去分詞） | by + 從事行為的人 | 中文 |
|---|---|---|---|
| English | **is spoken** | by them. | 英語被他們所講。 |
| The room | **is cleaned** | | 這房間被他們打掃。 |
| The cars | **are washed** | | 這幾輛車被他們清洗。 |

## 文法小提醒

・基本的「動詞三態」

| 現在式（動詞） | 過去式（動詞） | 過去分詞（形容詞） | 中文 |
|---|---|---|---|
| speak | spoke | **spoken** | 講（語言） |
| clean | cleaned | **cleaned** | 打掃 |
| wash | washed | **washed** | 清洗 |

・過去式是動詞，但過去分詞卻是「形容詞」

English is **spoken** by them. 英語被他們講。

→ is 是 be 動詞，spoken 是過去分詞，也就是形容詞。

（「is spoken（被講）」是一組動詞）

The cars are **washed** by them every day. 這幾輛車每天被他們清洗。

→ are 是 be 動詞，washed 是過去分詞，也就是形容詞。

（「are washed（被清洗）」是一組動詞）

# 進階跟讀挑戰

慢速分句 13-2A　正常速分句 13-2B　正常速連續 13-2C

使用被動語態的情況，「做動作的人是誰」往往是比較不重要的資訊，這時候就會像是以下的例子一樣，不說出「by...」的部分。

1. They **are asked** / to wait in the lobby.
   他們被要求在大廳等待。

2. The two singers **are interviewed** / about their new albums.
   那兩位歌手接受有關他們新專輯的採訪。

3. Pioneer Village / is a historic site in Massachusetts, / USA. // It can't **be found** on most local maps.
   先鋒村落是位於美國麻州的一個歷史遺跡。在大部分的當地地圖上，都找不到它。

4. If your foreign friends come to Taiwan, / what will you invite them / to eat for dinner? // It sounds terrific / to go to a hot pot restaurant. // On the menu, / there are pork, / beef, / and lamb. // Meat **is cut** into slices. // If your friends are seafood lovers, / they can order oysters or shrimp. // For drinks and dessert, / customers can enjoy milk tea, / coffee, / and even several flavors of ice cream. // It **is believed** / that foreigners like this kind of Taiwanese food.
   如果你的外國朋友到台灣，你會邀請他們吃什麼晚餐？去火鍋餐廳，這聽起來很棒。菜單上，有豬肉、牛肉、羊肉。肉類被切成薄片。如果你的朋友是海鮮愛好者，可以點牡蠣或蝦子。關於飲料和甜點，顧客可以享用奶茶、咖啡，甚至幾種口味的冰淇淋。外國人被認為喜歡這類的台灣食物。

2. interview [ˋɪntɚˏvju] v. 採訪
3. historic [hɪsˋtɔrɪk] adj. 歷史悠久的
4. hot pot 火鍋 / slice [slaɪs] n. 薄片 / oyster [ˋɔɪstɚ] n. 牡蠣

# 14 動名詞

首先必須了解的是：**動名詞是「名詞」**！它的長相是 V-ing，也就是在一般動詞後面加上 ing，比如 eat（吃），動名詞是 eating。

大部分的情況，直接在動詞字尾加 ing，即可形成「動名詞」。以下是經常使用到的動名詞，請觀察動詞改成動名詞的拼字規則。

| 動詞 | 意思 | 動名詞 | 拼字規則 |
|---|---|---|---|
| read | 閱讀 | reading | 直接加 ing |
| learn | 學習 | learning | 直接加 ing |
| go | 去 | going | 直接加 ing |
| smoke | 抽菸 | smoking | 去除 e，再加 ing |
| dance | 跳舞 | dancing | 去除 e，再加 ing |
| make | 製作 | making | 去除 e，再加 ing |
| swim | 游泳 | swimming | 「短母音 + 子音」，swim 重複字尾 m |

由於動名詞是名詞，所以經常拿來當「主詞」用。請看下面的例句：

Reading is my hobby.
閱讀是我的嗜好。

→ 句子的主詞是 reading，動詞是 is。可以理解成：「閱讀」這件事情，是我的嗜好。事情是名詞，因此句子裡的 reading 當然是名詞囉！

## 主詞可以「不只一個字」

Reading romantic novels is my hobby. 閱讀愛情小說，是我的嗜好。

→ 主詞是「reading romantic novels（閱讀愛情小說）」這件事情，動詞是 is。

**Watching** TV and **playing** baseball are my hobbies.
看電視和打棒球是我的嗜好。
→「watching TV（看電視）」和「playing baseball（打棒球）」，兩者都是我的嗜好，因此 be 動詞用複數形 are，句尾的 hobby（嗜好）也一併改成複數 hobbies。

### 動名詞也可以當「受詞」用

She likes **fishing**. 她喜歡釣魚。
→ 主詞是 she（她），fishing 是動名詞，也就是名詞，釣魚是她喜歡的事情。

慢速 14-1A

正常速 14-1B

## 跟讀練習

・**動名詞當主詞**

**Reading** is a good habit. 閱讀是個好習慣。
**Swimming** is a good habit. 游泳是個好習慣。
**Reading** and **swimming** are good habits. 閱讀和游泳是好習慣。

・**動名詞當主詞**

**Playing** basketball is fun. 打籃球很有趣。
**Watching** TV is fun. 看電視很有趣。
**Playing** basketball and **watching** TV are fun. 打籃球和看電視很有趣。

・**動名詞當主詞**

**Sleeping** makes me happy. 睡覺使我快樂。
**Eating** makes me happy. 吃東西使我快樂。
**Sleeping** and **eating** make me happy. 睡覺和吃東西使我快樂。

・**動名詞當受詞**

David likes **singing**. 大衛喜歡唱歌。
Amy likes **singing**. 艾咪喜歡唱歌。
David and Amy like **singing**. 大衛和艾咪喜歡唱歌。

・**動名詞當受詞**

The man hates **jogging**. 這位男子討厭慢跑。
The woman hates **jogging**. 這位女子討厭慢跑。
The man and the woman hate **jogging**. 這位男子和這位女子討厭慢跑。

## 文法表格解析

・動名詞當主詞：單數主詞

| 主詞 | 動詞 | 其餘部分 | 中文 |
|---|---|---|---|
| Reading | is | a good habit. | 閱讀是個好習慣。 |
| Drawing | | | 繪畫是個好習慣。 |
| Swimming | | | 游泳是個好習慣。 |

・動名詞當主詞：複數主詞

| 主詞 | 動詞 | 其餘部分 | 中文 |
|---|---|---|---|
| Reading and writing | are | good habits. | 閱讀和寫作是好習慣。 |
| Drawing and dancing | | | 繪畫和跳舞是好習慣。 |
| Swimming and jogging | | | 游泳和慢跑是好習慣。 |

・動名詞當受詞

| 主詞 | 動詞 | 受詞 | 中文 |
|---|---|---|---|
| She | likes | reading. | 她喜歡閱讀。 |
| | | drawing. | 她喜歡繪畫。 |
| | | swimming and jogging. | 她喜歡游泳和慢跑。 |

## 文法小提醒

・**如果「主詞」是兩個動名詞，就需要搭配「複數動詞」**

Reading and writing ***are*** good habits. 閱讀和寫作是好習慣。

→ 總共是兩個好習慣，所以主詞是複數，搭配複數動詞 are。

・**如果動名詞在「受詞」位置，則不影響句子裡動詞的形式**

She ***likes*** swimming and jogging. 她喜歡游泳和慢跑。

→ 主詞是「she（她）」，動詞變化是由「主詞」決定，因此動詞是 likes。

## 進階跟讀挑戰

慢速分句 14-2A

正常速分句 14-2B

正常速連續 14-2C



1. For office workers, / **having a cup of coffee** / is the best way / to start a day.
   對於上班族來說，喝杯咖啡是開始一天的最佳方式。

2. My brothers have different hobbies. // One loves **jogging**, / and the other enjoys **reading**.
   我哥哥有不同的嗜好。一位喜愛慢跑，而另一位熱衷閱讀。

3. **Having a long commute** / means you have to get up early / to arrive at the office on time.
   通勤時間長，意味著你得早起，才能準時到達辦公室。

4. Sicao (四草) wetland reserve in Tainan (台南) / belongs to Taijiang (台江) National Park. // **Taking a boat** / is a great way / to visit the mangrove forest. // Fiddler crabs / are frequently seen in the wetlands. // They are good at digging holes. // When a fiddler crab / wants to find something to eat, / it leaves its hole. // The birds called “black-winged stilts” / are also frequent visitors to the wetlands. // They have long red legs. // **Walking in the water** / is what they usually do. // Sicao wetland reserve / is also called Sicao Green Tunnel / because the top of the wetlands / is covered by lush trees.
   台南的四草濕地保護區，屬於台江國家公園。搭乘小船，是造訪這片紅樹林的好方法。濕地裡，經常可以看到招潮蟹。牠們擅長挖洞。當要找食物的時候，牠就會離開洞穴。名叫高蹺鴴的鳥也是濕地的常客。牠們有著紅色長腿。牠們通常在水中走動。四草濕地保護區，又稱作四草綠色隧道，因為濕地頂端被茂盛的樹木覆蓋。

3. commute [kə`mjut] n. 通勤（路程）
4. wetland [`wɛt͵lənd] n. 濕地 / reserve [rɪ`zɝv] n. 保護區 / mangrove [`mæŋgrov] n. 紅樹（林）/ fiddler crab 招潮蟹 / black-winged stilt 高蹺鴴 / lush [lʌʃ] adj. 茂盛的

# 15 時態：現在簡單式

第 15 單元到第 20 單元，要介紹「時態」。時態的重點在於：「**動詞會隨著時間點而改變**」，因此不同時間點，動詞會有不同表現方式。我們從「現在簡單式」開始講解。有三個情況會使用現在簡單式：

### ❶ 表示習慣性動作

I **read** books every day. 我每天閱讀。

### ❷ 表示不變的真理、事實

The sun **rises** in the east. 太陽從東方升起。

→ the sun（太陽）相當於 it（它），所以動詞字尾加 s，寫成 rises。

### ❸ 對現在狀態的描述

James **lives** in America. 詹姆士住在美國。

She **is** a computer engineer. 她是一位電腦工程師。

→ 除了一般動詞，也可以使用 be 動詞（現在簡單式是 is/am/are）。

現在簡單式的特點，在於狀態的「持續性」，以上例句都有這項特點。比如，James 住在美國，「live（居住）」是一段長時間的狀態，不會說今天住美國，明天就搬到別的國家。

現在簡單式，經常搭配以下字詞，表示「習慣性動作」發生的頻率。

| 字詞 | 中文 |
| --- | --- |
| always | 總是 |
| usually | 通常 |

| 字詞 | 中文 |
| --- | --- |
| often | 常常 |
| every day/morning/week | 每天/每個早上/每週 |

我們也可以用「現在簡單式」提問，例如：

**Do** you eat breakfast every day? 你每天吃早餐嗎？

**Does** Emily often drink coffee? 艾蜜莉常常喝咖啡嗎？

關於助動詞 do/does 的問句，在第 4 單元已經介紹過了。do/does 都是現在式助動詞，所以也屬於「現在簡單式」的句型。

## 跟讀練習

慢速 15-1A

正常速 15-1B

- **頻率副詞 usually**

  **Does** Paul ***usually*** get up at seven o'clock? 保羅通常七點起床嗎？

  Yes, he **does**. He ***usually*** **gets** up at seven o'clock. 是的，他是。他通常七點起床。

  No, he **doesn**'t. He **doesn**'t ***usually*** get up at seven o'clock.

  不，他不是。他通常沒有七點起床。

- **頻率副詞 always**

  **Does** the woman ***always*** come here? 這位女子總是來這裡嗎？

  Yes, she **does**. She ***always*** **comes** here. 是的，她是。她總是來這裡。

  No, she **doesn**'t. She **doesn**'t ***always*** come here.

  不，她不是。她沒有總是來這裡。

- **頻率副詞 often**

  **Do** John and Tim ***often*** go shopping? 約翰和提姆常常去購物嗎？

  Yes, they **do**. They ***often*** **go** shopping. 是的，他們是。他們常常去購物。

  No, they **don**'t. They **don**'t ***often*** go shopping.

  不，他們不是。他們沒有常常去購物。

- **every…**

  **Do** Jane and Amy play baseball ***every month***? 珍和艾咪每個月打棒球嗎？

  Yes, they **do**. They **play** baseball ***every month***.

  是的，他們是。他們每個月打棒球。

  No, they **don**'t. They **don**'t play baseball ***every month***.

  不，他們不是。他們沒有每個月打棒球。

## 文法表格解析

・表示習慣性動作：使用 every…（每…）

| 主詞 | 動詞 | 受詞 | 時間副詞 | 中文 |
|---|---|---|---|---|
| I | **eat** | an egg | ***every day.*** | 我每天吃一顆蛋。 |
| He | **eats** | | ***every morning.*** | 他每天早上吃一顆蛋。 |
| You | **eat** | | ***every week.*** | 你每週吃一顆蛋。 |

・表示習慣性動作：使用頻率副詞

| 主詞 | 頻率副詞 | 動詞 | 其餘部分 | 中文 |
|---|---|---|---|---|
| I | ***always*** | **get up** | at eight o'clock. | 我總是八點起床。 |
| He | ***usually*** | **gets up** | | 他通常八點起床。 |
| You | ***often*** | **get up** | | 你常常八點起床。 |

・對現在狀態的描述

| 主詞 | 動詞 | 其餘部分 | 中文 |
|---|---|---|---|
| I | **am** | a nurse. | 我是一位護理師。 |
| She | **is** | | 她是一位護理師。 |
| You | **are** | | 你是一位護理師。 |

## 文法小提醒

・「頻率副詞」表示某個動作發生的頻率，**在句中的位置隨著動詞種類而有所不同**。

❶ 頻率副詞 + 一般動詞

I ***always*** **get up** at eight o'clock. 我總是八點起床。

❷ be 動詞 + 頻率副詞

I **am** ***always*** early for school. 我總是很早到校。

## 進階跟讀挑戰

慢速分句 15-2A

正常速分句 15-2B

正常速連續 15-2C

1. Bill **is** a talented singer. // People of all ages / **enjoy** his songs.
   比爾是位才華洋溢的歌手。不分年齡，人們都喜愛他的歌曲。

2. David ***always*** **forgets** my phone number. // He has asked me many times.
   大衛總是忘記我的電話號碼。他已經問過我許多次。

3. The river near the town / **flows** very fast. // ***Every year***, / at least two kids **die** there.
   這個城鎮附近的河流很湍急。每年至少有兩名兒童在那裡喪生。

4. In Pingtung (屏東), / there **is** a coffee shop / with a small zoo. // A few kinds of animals **are** kept there, / such as peacocks, / parrots, / turtles, / rabbits, / and even marmots. // Most animals **are** on the lawn, / so people can get close to them / and **take** pictures. // Moreover, / there **are** several dogs and cats / inside the coffee shop. // For afternoon tea, / customers ***usually*** **order** a cup of coffee / and a piece of chocolate cake. // At dinner time, / the coffee shop **serves** pasta / and grilled ribs.
   屏東有一間附設小型動物園的咖啡廳。那裡養了好幾種動物，比如孔雀、鸚鵡、烏龜、兔子，甚至是土撥鼠。大部分的動物都在草坪上，所以人們可以接近牠們，並且拍照。而且咖啡廳裡，有幾隻狗和貓。關於下午茶，客人通常點一杯咖啡和一塊巧克力蛋糕。晚餐時間，咖啡廳則供應義大利麵和烤肋排。

1. talented [\`tæləntɪd] adj. 有天賦的，有才華的
4. marmot [\`mɑrmət] n. 土撥鼠 / grill [grɪl] v. 燒烤 / rib [rɪb] n. 肋骨，肋排

# 16 時態：現在進行式

**現在進行式，表示事件「現在正在進行中」**，形式是「be 動詞 + 現在分詞（V-ing）」。因為時間點是現在，因此必須使用現在式 be 動詞 is/am/are。

I **am reading**. 我正在閱讀。

She **is reading**. 她正在閱讀。

以上句子都是現在進行式，唯一差別是主詞改變了，所以後面的 be 動詞也隨著主詞變化。

接著，我們比較「現在分詞（V-ing）」和「動名詞（V-ing）」。第 14 單元介紹過動名詞（V-ing），它和本單元的現在分詞（V-ing），長相一模一樣，都在一般動詞後面加上 ing，但是兩者詞性卻大不相同。

| 分類 | 長相 | 詞性 |
|---|---|---|
| 動名詞 | V-ing | 名詞 |
| 現在分詞 | V-ing | 形容詞 |

從上方的表格，我們可以知道：動名詞（V-ing）是名詞，而現在分詞（V-ing）卻是形容詞！下方兩個例句都使用 reading，但卻用了不同的文法觀念。

## 動名詞

**Reading** is her hobby. 閱讀是她的嗜好。

→「reading（閱讀）」這件事情，是她的嗜好。事情，是名詞，所以「閱讀」是名詞，當主詞來用。

### 現在分詞

She ｜ **is** ｜ **reading.**　她正在閱讀。

She ｜ **is** ｜ **cute.**　她可愛。

→ 比較上面兩個句子，會發現 reading 的位置和 cute（可愛的）相同。因為 cute 是形容詞，所以 reading 在這個句子裡，也是形容詞喔！

V-ing 究竟是動名詞，還是現在分詞，要看字詞在句子裡的角色決定。具有名詞屬性的，是「動名詞」；具有形容詞屬性的，就是「現在分詞」。

## 跟讀練習

慢速 16-1A

正常速 16-1B

・**主詞是單數**

**Is** the man **dancing**? 這位男子正在跳舞嗎？

Yes, he is. He **is dancing**. 是的，他是。他正在跳舞。

No, he isn't. He **isn't dancing**. 不，他不是。他沒有正在跳舞。

・**主詞是單數**

**Is** the girl **crying**? 這位女孩正在哭泣嗎？

Yes, she is. She **is crying**. 是的，她是。她正在哭泣。

No, she isn't. She **isn't crying**. 不，她不是。她沒有正在哭泣。

・**主詞是單數**

**Is** the white bird **singing**? 這隻白色的鳥正在唱歌嗎？

Yes, it is. It **is singing**. 是的，牠是。牠正在唱歌。

No, it isn't. It **isn't singing**. 不，牠不是。牠沒有正在唱歌。

・**主詞是複數**

**Are** Mike and Steve **watching** TV? 麥克和史帝夫正在看電視嗎？

Yes, they are. They **are watching** TV. 是的，他們是。他們正在看電視。

No, they aren't. They **aren't watching** TV. 不，他們不是。他們沒有正在看電視。

・**主詞是複數**

**Are** Mr. Lin and Mr. Chen **cleaning** the house? 林先生和陳先生正在打掃房子嗎？

Yes, they are. They **are cleaning** the house. 是的，他們是。他們正在打掃房子。

No, they aren't. They **aren't cleaning** the house.

不，他們不是。他們沒有正在打掃房子。

## 文法表格解析

・現在進行式：主詞是單數

| 主詞 | be 動詞 | 現在分詞（V-ing） | 中文 |
|---|---|---|---|
| I | am | sleeping. | 我正在睡覺。 |
| You | are | | 你正在睡覺。 |
| He | is | | 他正在睡覺。 |
| Mr. Li | is | | 李先生正在睡覺。 |

・現在進行式：主詞是複數

| 主詞 | be 動詞 | 現在分詞（V-ing） | 中文 |
|---|---|---|---|
| We | are | sleeping. | 我們正在睡覺。 |
| They | | | 他們正在睡覺。 |
| You | | | 你們正在睡覺。 |
| The boys | | | 這些男孩們正在睡覺。 |

## 文法小提醒

・有些動詞「不適合」用現在進行式

She **lives** in Taiwan. 她住在台灣。
→ 不會說「正在住」。

I **like** cats. 我喜歡貓。
→ 不會說「正在喜歡」。

He **has** a car. 他有一輛車。
→ 不會說「正在擁有」。

這類動詞不需要死背，只要翻譯成中文，感覺是否通順合理，就知道能不能用進行式囉！

# 進階跟讀挑戰

慢速分句 16-2A

正常速分句 16-2B

正常速連續 16-2C

第 4 段出現的 will be waiting for you，是「未來進行式」。

1. My friends **are waiting** for me / at the nightclub.
我朋友正在夜店等我。

2. The city **is cleaning** itself up / for the Olympic Games.
這座城市正為了奧運，而清潔自身環境。

3. The color of Mars / gives scientists ideas / about what **is happening** on it.
火星的顏色，讓科學家了解它上面正在發生的事情。

4. **Are** you **looking** for an exotic place to stay? // A hotel in Kenting (墾丁) / may meet your need. // The hotel looks like a Moroccan palace. // With red brick walls, / it looks like a castle as well. // The hotel is far from Kenting main street, / so it is quiet at night. // You can stay with your family or friends / in a gorgeous room / and feel the beauty of North Africa. // By the way, / if you take public transport, / you can book a shuttle in advance. // When you arrive at the bus station, / a driver will **be waiting** for you. // He will take you from the bus station / to the hotel.
你正在尋找一個有異國風情的住宿處嗎？位於墾丁的一間飯店，或許可以滿足你的需求。這間飯店外觀猶如摩洛哥宮殿。它有著紅磚牆，看起來也像一座城堡。這間飯店距離墾丁大街很遠，所以晚上很安靜。你可以和家人或朋友，待在華麗的房間裡，並感受北非的美。順帶一提，如果你是搭乘大眾運輸前往，可以事先預約接駁車。當你抵達公車站時，司機會等著你。他會把你從公車站載到飯店。

1. nightclub [ˋnaɪtˏklʌb] n. 夜店
4. exotic [ɪgˋzɑtɪk] adj. 異國風情的 / Moroccan [məˋrɑkən] adj. 摩洛哥的 / palace [ˋpælɪs] n. 宮殿 / gorgeous [ˋgɔrdʒəs] adj. 華麗的 / public transport 大眾運輸

# 17 時態：未來式

**未來式，用來描述未來會發生的動作或事情。**未來式的時間有很多，比如：tomorrow（明天）、next month（下個月）。未來式的表現方式有兩種：

## ❶「助動詞 will」+ 原形動詞

原形動詞的意思，是指動詞字尾不需變化，只要維持動詞原始樣貌。使用原形動詞，是因為**助動詞 will 後面，必須放原形動詞**。

| 動詞類型 | 原形動詞 | 說明 |
|---|---|---|
| be 動詞 | be | is/am/are 原形都是 be |
| 一般動詞 | 例：live, buy | 寫成 lives, buying 等方式，都不是原形動詞 |

**一般動詞：will + 原形**

He lives in Canada. 他住在加拿大。**[現在簡單式]**

→ He **will** live in Canada. 他將住在加拿大。**[未來式]**

**be 動詞：will + 原形 be**

She is a doctor. 她是一位醫生。**[現在簡單式]**

→ She **will** be a doctor. 她將是一位醫生。**[未來式]**

I **will buy** a car. 我將買一部車。

## ❷「be 動詞 + going to」+ 原形動詞

will 還可以換成 be 動詞 + going to，be 動詞會隨著句子的主詞變化。

一般動詞：**be going to + 原形**

I **will** buy a car. 我將買一部車。[未來式]

→ I **am going to** buy a car. 我將買一部車。[未來式]

be 動詞：**be going to + 原形 be**

She **will** be a doctor. 她將是一位醫生。[未來式]

→ She **is going to** be a doctor. 她將是一位醫生。[未來式]

慢速 17-1A

正常速 17-1B

## 跟讀練習

未來式的問句，只要將 will 或 be going to 中的 be 動詞移到句首即可，否定句則是在 will 或 be 動詞後面加 not。此外，will not 還可縮寫成 won't。

· **will**

**Will** Helen join us? 海倫將加入我們嗎？

Yes, she will. She **will** join us. 是的，她會。她將加入我們。

No, she won't. She **won't** join us. 不，她不會。她將不加入我們。

· **will**

**Will** John buy a new car? 約翰將買新車嗎？

Yes, he will. He **will** buy a new car. 是的，他會。他將買新車。

No, he won't. He **won't** buy a new car. 不，他不會。他將不買新車。

· **will**

**Will** the boy be eleven next year? 這位男孩明年將十一歲嗎？

Yes, he will. He **will** be eleven next year. 是的，他是。他明年將十一歲。

No, he won't. He **won't** be eleven next year. 不，他不是。他明年將不是十一歲。

· **be going to**

**Is** he **going to** see a doctor? 他將要去看醫生嗎？

Yes, he is. He **is going to** see a doctor. 是的，他是。他將去看醫生。

No, he isn't. He **isn't going to** see a doctor. 不，他不是。他將不去看醫生。

· **be going to**

**Are** they **going to** eat pizza for dinner? 他們將吃比薩當晚餐嗎？

Yes, they are. They **are going to** eat pizza for dinner.

是的，他們是。他們將吃比薩當晚餐。

No, they aren't. They **aren't going to** eat pizza for dinner.

不，他們不是。他們將不吃比薩當晚餐。

## 文法表格解析

・will：不管主詞是單數或複數，動詞都維持原形

| 主詞 | 助動詞 | 動詞 + … | 中文 |
|---|---|---|---|
| Mike | will | clean the table. | 麥克將清理桌子。 |
| The woman | | go fishing with me. | 這位女子將和我去釣魚。 |
| They | | cook dinner for me. | 他們將煮晚餐給我吃。 |

・主詞是單數：is going to

| 主詞 | be going to | 動詞 + … | 中文 |
|---|---|---|---|
| Peter | is going to | join a gym. | 彼得將加入健身房。 |
| Amy | | buy a boat. | 艾咪將買一艘船。 |
| He | | travel by car. | 他將開車旅行。 |

・主詞是複數：are going to

| 主詞 | be going to | 動詞 + … | 中文 |
|---|---|---|---|
| Peter and Tim | are going to | join a gym. | 彼得和提姆將加入健身房。 |
| Amy and Cindy | | buy a boat. | 艾咪和欣蒂將買一艘船。 |
| They | | travel by car. | 他們將開車旅行。 |

## 文法小提醒

・**will 和 be going to** 幾乎可以互換使用，不過它們**有細微差異**

**[will：表達意願]**

**Will** you help me wash the car? 你會（你願意）幫我洗車嗎？

→ help 後面的 to 經常省略，原本是 ... help me (to) wash the car

**[be going to：1. 已經預定的計畫　2. 不久的將來，可能發生的事情]**

She **is going to** visit her aunt next week. 她下週將去拜訪她姑姑。

It **is going to** rain. Let's go home. 要下雨了。我們回家吧。

## 進階跟讀挑戰

慢速分句 17-2A

正常速分句 17-2B

正常速連續 17-2C

1. Children **will** <u>know</u> / we still remember them.
孩子們將會知道我們仍然記得他們。

2. Do you know / when Emma **is going to** <u>visit</u> us?
你知道艾瑪何時會來拜訪我們嗎？

3. $10 from each sale / **will** <u>be</u> given to the orphanage.
每筆銷售，會抽出 10 塊錢捐給孤兒院。

4. In Taitung (台東), / there is a coffee shop / established by / the Ministry of Justice. // Although the coffee shop / is inside Taitung Drug Abuser Treatment Center, / it is open to the general public. // Anyone can enjoy a meal there. // What makes the coffee shop unique / is its clerks; // all the clerks are well-behaved prisoners. // They made mistakes, / but they work hard now. // They make tasty cookies / and delicious roast chicken. // Many customers like their service. // It is believed / that they **will** <u>start</u> new lives / after they leave there. // Maybe some of them / **are going to** <u>have</u> their own business.
在台東，有一間法務部成立的咖啡廳。雖然這間咖啡廳位於台東戒治所內，但是咖啡廳對一般大眾開放，任何人都可以在那裡用餐。這間咖啡廳獨特之處，在於它的店員；這些店員都是表現良好的受刑人。雖然他們曾經犯錯，但是他們現在努力工作。他們製作可口的餅乾，以及美味的烤雞。許多客人都喜歡他們的服務。相信在離開那裡之後，他們將展開新的人生。也許他們其中一些人將擁有自己的一番事業。

3. orphanage [`ɔrfənɪdʒ] n. 孤兒院
4. establish [ə`stæblɪʃ] v. 建立，設立 / Ministry of Justice 法務部 / drug abuser 濫用藥物的人（吸毒者）/ treatment [`tritmənt] n. 治療 / well-behaved [`wɛlbɪ`hevd] adj. 行為良好的

# 18 時態：過去式

過去式表示過去發生的動作、事件、經驗等。和現在式一樣，可以分成「簡單式」和「進行式」兩種。

## ❶ 過去簡單式

描述過去發生的事件，經常搭配過去時間，例如 yesterday（昨天）。
使用過去簡單式，動詞也會改成過去式的形態。

### 一般動詞的過去式

**規則動詞：**動詞字尾加上 ed。例如：clean（打掃）→ cleaned
**不規則動詞：**特殊長相需額外記住。例如：eat（吃）→ ate

我們比較「現在簡單式」和「過去簡單式」的動詞狀態。
**[現在簡單式]** Kevin **cleans** his room every week. 凱文每週打掃他的房間。
**[過去簡單式]** Kevin **cleaned** his room last week. 凱文上週打掃他的房間。

| SUN | MON | TUE | WED | THU | FRI | SAT |
|---|---|---|---|---|---|---|
| 1 | 2 | 3 | 4 | 5 | 6 | 7 |
| 8 | 9 | 10 | 11 今天 | 12 | 13 | 14 |

### be 動詞的過去式

**was**：主詞是 I 或 he/she/it 時使用
He **was** in the park last night. 他昨晚在公園。
**were**：主詞是 we/you/they 時使用
They **were** in the park last night. 他們昨晚在公園。

### 助動詞的過去式

在第 4 單元學過的現在式助動詞 do/does，改成過去式是 did。
**Do** you swim? 你游泳嗎？**[現在簡單式]**

**Did** you swim yesterday? 你昨天有游泳嗎？[過去簡單式]

**Does** she swim? 她游泳嗎？[現在簡單式]
**Did** she swim yesterday? 她昨天有游泳嗎？[過去簡單式]

## ❷ 過去進行式

和現在進行式類似，都是「be 動詞 + 現在分詞（V-ing）」，唯一差別只在於使用過去式 be 動詞 was/were。

[現在進行式] Steve **is talking** with his friend.
史帝夫現在正在和他的朋友談話。
[過去進行式] Steve **was talking** with his friend then.
那時史帝夫正在和他的朋友談話。

慢速 18-1A

正常速 18-1B

# 跟讀練習

・**過去簡單式：be 動詞**

**Was** Mr. Chen in the museum yesterday? 陳先生昨天是在博物館嗎？
Yes, he **was**. He **was** in the museum yesterday. 是的，他是。他昨天是在博物館。
No, he **was**n't. He **was**n't in the museum yesterday.
不，他不是。他昨天不是在博物館。

・**過去簡單式：一般動詞**

**Did** Mike and Linda **clean** the room last night? 麥克和琳達昨晚打掃房間嗎？
Yes, they **did**. They **cleaned** the room last night.
是的，他們是。他們昨晚打掃房間。
No, they **did**n't. They **did**n't **clean** the room last night.
不，他們不是。他們昨晚沒有打掃房間。

・**過去進行式：主詞是單數**

**Was** Miss Carter **watching** TV then? 卡特小姐當時正在看電視嗎？
Yes, she **was**. She **was watching** TV then. 是的，她是。她當時正在看電視。
No, she **was**n't. She **was**n't **watching** TV then.
不，她不是。她當時沒有正在看電視。

・過去進行式：主詞是複數

**Were** Alice and Wendy **playing** the piano at that time?
艾莉絲和溫蒂那時正在彈鋼琴嗎？
Yes, they **were**. They **were playing** the piano at that time.
是的，他們是。他們那時正在彈鋼琴。
No, they **weren't**. They **weren't playing** the piano at that time.
不，他們不是。他們那時沒有正在彈鋼琴。

## 文法表格解析

・過去簡單式：**be** 動詞（配合主詞使用 **was** 或 **were**）

| 主詞 | 動詞 | 其餘部分 | 中文 |
|---|---|---|---|
| I | **was** | busy yesterday. | 我昨天很忙。 |
| The man | | | 這位男子昨天很忙。 |
| They | **were** | | 他們昨天很忙。 |
| The girls | | | 這些女孩昨天很忙。 |

只要將 be 動詞移到句子開頭，即可形成問句。例：Was the man busy yesterday?

・過去簡單式：一般動詞（不論主詞是單數或複數，動詞變化皆相同）

| 主詞 | 動作 | 時間 | 中文 |
|---|---|---|---|
| She | **played** baseball | yesterday. | 她昨天打棒球。 |
| | **ate** pizza | | 她昨天吃比薩。 |
| They | **played** baseball | | 他們昨天打棒球。 |
| | **ate** pizza | | 他們昨天吃比薩。 |

・過去式問句：使用助動詞 **did**（動詞在助動詞後面，所以是原形）

| 助動詞 | 主詞 | 動作 | 時間 | 中文 |
|---|---|---|---|---|
| **Did** | she | **play** baseball | yesterday? | 她昨天打棒球嗎？ |
| | | **eat** pizza | | 她昨天吃比薩嗎？ |
| | they | **play** baseball | | 他們昨天打棒球嗎？ |
| | | **eat** pizza | | 他們昨天吃比薩嗎？ |

# 文法小提醒

・**did 有兩種詞性**：「助動詞」或「一般動詞」

❶ 助動詞：加在疑問句和否定句中，除了表示時態以外，沒有具體的意思

**Did** they play baseball yesterday? 他們昨天打棒球嗎？

❷ 一般動詞：表示主詞的動作，意思是「做」

They **did** their homework yesterday. 他們昨天做回家功課。

# 進階跟讀挑戰

慢速分句 18-2A

正常速分句 18-2B

正常速連續 18-2C

1. Last Sunday, / Jessica and her friends / **had** dinner at Hilton Hotel.
上週日，潔西卡和她朋友在希爾頓飯店吃晚餐。

2. How **did** he get the tickets? // They **were** sold out weeks ago!
他怎麼得到那些票的？它們幾週前已經賣完了！

3. They **were** hunting for crabs / on the beach.
他們當時正在沙灘上尋找螃蟹。

4. Last week, / my friend and I **visited** Meishan (梅山), / Chiayi (嘉義). // Before going up the mountain, / we **went** to a convenience store / and **bought** tea eggs, / potato chips, / and bottled water. // Then we **drove** toward our destination. // It **took** us two hours / to arrive at the top of the mountain. // The scenery **was** so beautiful. // We **saw** extensive tea gardens / and **took** some pictures there. // However, / the weather **was** foggy, / and it **was** getting worse. // For safety, / we **went** down the mountain before sunset. // What an unforgettable trip!
上星期，我和朋友到嘉義梅山遊玩。上山之前，我們到便利商店，買了茶葉蛋、洋芋片和瓶裝水。接著，我們開車前往目的地。我們花了兩個小時抵達山頂。風景是如此地美麗。我們看到一大片茶園，也在那裡拍了一些照片。不過，那天有霧，而且越來越濃。為了安全起見，我們在日落前下山。多麼難忘的旅程啊！

3. hunt for 尋找
4. bottled water 瓶裝水 / destination [ˌdɛstəˋneʃən] n. 目的地 / extensive [ɪkˋstɛnsɪv] adj. 廣闊的 / unforgettable [ˌʌnfɚˋgɛtəbḷ] adj. 難忘的

# 19 時態：現在完成式

到目前為止，已經學了現在式、過去式、未來式，這三個都是「點」的觀念。接下來，要學**「現在完成式」**，它是「線」的觀念，**一端是過去式，另一端是現在式，兩個時間點連起來的這條線，就是現在完成式的範圍**。

I **have eaten** lunch. 我已經吃過午餐。

現在完成式

更早的過去　過去式　現在式　未來式

現在完成式的公式是**「has/have + 過去分詞」**。講到過去分詞，就要介紹動詞三態，也就是動詞的三種狀態。本頁例句會使用到表格中的動詞變化。

| 意思 | 現在式 | 過去式 | 過去分詞 | 說明 |
|---|---|---|---|---|
| 是 | is/am/are | was/were | **been** | be 動詞 |
| 研讀 | study | studied | **studied** | 規則動詞（+ed） |
| 吃 | eat | ate | **eaten** | 不規則動詞 |
| 去 | go | went | **gone** | 不規則動詞 |

現在完成式可以表達以下幾種情況：

### ❶ 過去到現在，已經完成的動作或事件

I **have eaten** lunch. 我已經吃過午餐。

→ 從「過去」某個時間點，比如上午 11 點，一直到我說這句話的「當下」，比如下午 1 點，我在這段時間裡吃過午餐了。

### ❷ 過去一直**持續**到現在的動作或狀態

I **have studied** English for ten years. 我已經研讀英文長達十年了。

→ 從過去到現在，長達十年的時間，我都持續研讀英文。句子尾端的 for 是介系詞，意思是「長達」。（[for + 時間總和]：for ten years 長達十年）

### ❸ 過去到現在的**經驗**

John **has been** to America. 約翰去過美國。

[表示經驗]：使用 has/have been：曾去過某地的經驗，人已經回來了。

[表示完成]：使用 has/have gone：人已經去了那裡。

## 跟讀練習

慢速 19-1A

正常速 19-1B

- **has/have + 過去分詞**

  **Has** Alice **made** lunch? 艾莉絲已經做午餐了嗎？

  Yes, she **has**. She **has made** lunch. 是的，她有。她已經做午餐了。

  No, she **has**n't. She **hasn't made** lunch. 不，她沒有。她還沒做午餐。

- **has/have + 過去分詞**

  **Have** you ever **seen** the movie? 你曾經看過這部電影嗎？

  Yes, I **have**. I **have seen** the movie. 是的，我有。我已經看過這部電影。

  No, I **have**n't. I **have**n't **seen** the movie. 不，我沒有。我沒有看過這部電影。

- **has/have gone to：已經去〔某地〕**

  **Has** Kevin **gone** to Hong Kong? 凱文已經去香港了嗎？

  Yes, he **has**. He **has gone** to Hong Kong. 是的，他是。他已經去香港了。

  No, he **has**n't. He **has**n't **gone** to Hong Kong. 不，他不是。他還沒去香港。

- **has/have gone to：已經去〔某地〕**

  **Have** they **gone** to London on business? 他們已經去倫敦出差了嗎？

  Yes, they **have**. They **have gone** to London on business.

  是的，他們是。他們已經去倫敦出差了。

  No, they **have**n't. They **have**n't **gone** to London on business.

  不，他們不是。他們還沒去倫敦出差。

- **has/have been to：曾經去過〔某地〕**

  **Has** he ever **been** to Canada? 他去過加拿大嗎？

  Yes, he **has**. He **has been** there. 是的，他去過。他去過那裡。

  No, he **has**n't. He **has** never **been** there. 不，他沒去過。他從沒去過那裡。

## 文法表格解析

・現在完成式：**has + 過去分詞**（主詞是第三人稱單數 he/she/it）

| 主詞 | 現在完成式 | 其餘部分 | 中文 |
|---|---|---|---|
| He | **has eaten** | lunch. | 他已經吃過午餐。 |
| The girl | **has visited** | her uncle. | 這位女孩已經拜訪她叔叔。 |

・現在完成式：**have + 過去分詞**（主詞是其他情況）

| 主詞 | 現在完成式 | 其餘部分 | 中文 |
|---|---|---|---|
| They | **have eaten** | lunch. | 他們已經吃過午餐。 |
| The boys | **have visited** | their uncle. | 男孩們已經拜訪他們叔叔。 |

## 文法小提醒

・現在完成式，經常和「**for**（長達）」連用

I have lived in Canada **for** nine years.

我已經在加拿大住九年了。

→ **[for + 時間總和]**：到目前為止，總共住了九年。

・現在完成式，經常和「**since**（自從）」連用

Emily has worked in the company **since** 2020.

自從 2020 年，艾蜜莉就在這間公司工作了。

→ **[since + 時間起點]**：西元 2020 年，是她工作的起始時間。

（這個句子的 since，後面接名詞 2020 年，因此這個 since 是「介系詞」。）

Emily ***has worked*** in the company **since** she ***was*** young.

自從年輕的時候，艾蜜莉就在這間公司工作了。

→（這個句子的 since，後面接 she was young。整個句子左右側，各有一組動詞 has worked 和 was，因此這個 since 是「連接詞」。）

## 進階跟讀挑戰

慢速分句 19-2A 正常速分句 19-2B 正常速連續 19-2C

1. For weeks, / I've **wanted** to see the movie.
數週以來，我一直想看這部電影。

2. **Have** you **brushed** your teeth yet? // When you brush your teeth, / do your teeth hurt?
你已經刷牙了嗎？當你刷牙時，牙齒會痛嗎？

3. For months, / the factory **has been releasing** wastewater / into the stream.
數月以來，這間工廠一直把廢水排入溪流裡。

4. **Have** you ever **made** jam? // A jam factory located in central Taiwan / gives its visitors a chance / to make their own jam. // During the activity, / participants will see fresh fruit / slowly boiled into jam. // After that, / they can take the jam / they **have made**. // Of course, / one can also buy the factory's products / without participating in the activity, / and there are many kinds of fruit jams to choose from. // Besides making jam, / visitors are free to go for a walk / in the woods surrounding the factory, // even if they **have** not **bought** anything.
你曾經製作過果醬嗎？有間位於中台灣的果醬工廠，給訪客機會製作自己的果醬。在活動中，參加者會看到新鮮水果，被慢慢地熬煮成果醬。然後，他們可以帶走自己做的果醬。當然，也可以不參加活動，直接買工廠的產品，有多種果醬可以選擇。除了製作果醬以外，遊客也可以在圍繞工廠的樹林自由散步，就算沒有買任何東西也可以。

3. wastewater [`west͵wɔtɚ] n. 廢水 / stream [strim] n. 溪流
4. central [`sɛntrəl] adj. 中央的，中部的 / tropical [`trɑpɪkl̩] adj. 熱帶的 / participant [pɑr`tɪsəpənt] n. 參加者 / surround [sə`raʊnd] v. 圍繞

# 20 時態：過去完成式

過去完成式的特點在於：**有兩個過去動作或事件**，一個比較早，另一個比較晚。**比較晚發生的，使用過去式；比較早發生的，使用過去完成式「had + 過去分詞」**。

舉個例子：

Tim ***said*** that he **had cleaned** the house. 提姆說他已經把房子打掃好了。

→ say（說）和 clean（打掃），都是過去動作，符合過去完成式的條件。say 比較晚發生，使用過去式；clean 比較早發生，使用過去完成式。換句話說，在他說話之前，早就把房子打掃乾淨了。

再看一個句子：

Before I ***arrived*** at the airport, the plane **had taken off**.

在我抵達機場之前，飛機就已經起飛了。

→ arrive（抵達）和 take off（起飛），都是過去動作，符合過去完成式的條件。arrive 比較晚發生，使用過去式；take off 比較早發生，使用過去完成式。換句話說，我沒有搭上飛機，因為在我抵達之前，飛機就飛走了。

After Linda **had lived** there for ten years, she ***died***.

琳達在那裡住了十年以後，她過世了。

→ live（住）和 die（死亡），都是過去動作，符合過去完成式的條件。die 比較晚發生，使用過去式；live 比較早發生，使用過去完成式。換句話說，她先住，後過世。

過去完成式和現在完成式，雖然都是完成式，但「現在完成式」的一個端點是現在式，而「過去完成式」則是兩個端點都是過去時間。

## 跟讀練習

慢速 20-1A

正常速 20-1B

· **when**

Miss Carter ***got*** there. 卡特小姐到達那裡。

When Miss Carter ***got*** there, the bus **had left**.

當卡特小姐到達那裡時，公車已經離開了。

· **when**

He ***arrived*** at the park. 他抵達公園。

When he ***arrived*** at the park, the baseball game **had** already **begun**.

當他抵達公園時，棒球比賽已經開始了。

· **before**

Emily ***went*** to school. 艾蜜莉上學。

Before Emily ***went*** to school, she **had eaten** breakfast.

在艾蜜莉上學之前，她已經吃過早餐。

· **say + 連接詞 that**

The woman ***said*** something. 這位女子說了某件事情。

The woman ***said*** that she **had eaten** lunch.

這位女子說她已經吃過午餐。

· **say + 連接詞 that**

Peter ***said*** something. 彼得說了某件事情。

Peter ***said*** that he **had sold** his car.

彼得說他已經賣掉他的車。

· **hear + 連接詞 that**

I ***heard*** something. 我聽說了某件事情。

I ***heard*** that the woman **had been** sick for a long time.

我聽說這位女子已經病了很長一段時間。

## 文法表格解析

・連接詞在句首

| 連接詞 | 句子一 | 句子二 |
|---|---|---|
| When | he ***got*** there, | the train **had left**. |
| 當他抵達那裡時，火車已經離開。 | | |
| Before | Helen ***went*** to work, | she **had eaten** breakfast. |
| 在海倫上班之前，她已經吃過早餐。 | | |

・連接詞在句中

| 句子一 | 連接詞 | 句子二 |
|---|---|---|
| She ***said*** | that | she **had eaten** dinner. |
| 她說她已經吃過晚餐。 | | |
| He ***heard*** | that | his uncle **had been** sick for a long time. |
| 他聽說他叔叔已經病了很長時間。 | | |
| John ***knew*** | that | Jane **had gone** to Taipei. |
| 約翰知道珍已經去了台北。 | | |

## 文法小提醒

**・ago 和 before 的時態判斷**

ago 和 before 的意思，都是「之前」，但 ago 使用過去式，而 before 則視句意，調整動詞時態。

She **visited** her friend two days ago. 兩天前，她拜訪朋友。
→ 兩天前，是具體的過去時間，因此搭配過去式動詞 visited。

Tim said that he **had** never **seen** her before. 提姆說，他以前沒有看過她。
→ had seen 時間比 said 更早，所以用過去完成式。

**Have** I **met** you before? 我以前見過你嗎？
→「以前」表示「從過去到現在」，因此是現在完成式。

## 進階跟讀挑戰

慢速分句 20-2A 正常速分句 20-2B 正常速連續 20-2C

1. Tourists noticed the leopard they **had** just **seen** / climbing on the tree.
遊客們注意到，他們剛剛看到的那頭豹，爬上了樹。

2. Two hours later, / someone would come to the store / and remove the boxes. // A man **had bought** the house.
兩個小時之後，會有人到店裡來，把箱子搬走。一位男子先前已經買下了這間屋子。

3. Eric wrote a story / based on the life of a little girl he knew in his adolescence / who **had been kidnapped**.
艾瑞克寫了一則故事，是以一位他年少時認識的小女孩，作為故事基礎，這位女孩曾經被綁架。

4. If you go to Taitung (台東), / Fushan (富山) Fisheries Resources Conservation Area / will be a must-see place. // The scenic spot is unique / because of its history. // Before fishing was banned, / marine creatures there **had** almost **disappeared**. // In other words, / the ecology **had been destroyed**. // To protect this area, / Fushan was declared / to be a fish conservation area / in 2005. // Marine creatures have gradually increased / in the past years. // Now, / visitors can see schools of fish / and other marine creatures, / such as starfish.
如果你去台東，富山漁業資源保育區是一定要去看的地方。這個景點因為它的歷史而獨特。在禁止捕撈之前，那裡的海洋生物幾乎消失了。換句話說，生態遭到了破壞。為了保護這個地區，富山在 2005 年被宣告為護漁區。過去這些年來，海洋生物逐漸增加。現在，遊客可以看到魚群和其他海洋生物，比如海星。（had been destroyed 是「過去完成式＋被動」）

1. leopard [`lɛpɚd] n. 豹
3. adolescence [ædə`lɛsn̩s] n. 青少年時期
4. fishery [`fɪʃərɪ] n. 漁業，漁場 / resource [`risors] n. 資源 / conservation [ˌkɑnsɚ`veʃən] n. 保護 / scenic [`sinɪk] adj. 風景優美的 / marine creature 海洋生物 / ecology [ɪ`kɑlədʒɪ] n. 生態 / school [skul] n.（魚的）群

# 進階文法
# Advanced Grammar

**第三階段：進階文法新手**
單元 21-25

**第四階段：進階文法大重點**
單元 26-35

**第五階段：進階文法升級篇**
單元 36-45

**第六階段：進階文法變化球**
單元 46-50

# 21 副詞子句

副詞子句會使用「從屬連接詞」（參見第 12 單元），例如：when/although/because 等單字，把兩個句子連結起來。副詞子句和副詞一樣，都具有「可刪除」的特性，以下例句，皆做刪除示範。

副詞子句依照從屬連接詞的意思，可分成三類。

### ❶ 和時間有關：when（當…時）、before（…之前）、after（…之後）、since（自從…）、while（正當…的時候）

**When** I called her, she was watching TV with her friends.

= She was watching TV with her friends **when** I called her.

當我打電話給她時，她正和她的朋友們看電視。

→ 刪除副詞子句和連接詞 when I called her 之後，She was watching TV with her friends. 句意完整，可獨立存在。

She was watching TV with her friends [when I called her.]

她正和她的朋友們看電視　　當我打電話給她時（可刪除）

### ❷ 和原因、語氣轉折、結果有關：because（因為…）、although/though（雖然…）、so... that...（如此…以致於…）

**Because** the weather is bad, Paul stays home.

= Paul stays home **because** the weather is bad.

因為天氣不佳，所以保羅待在家。

→ 刪除副詞子句和連接詞 because the weather is bad 之後，Paul stays home. 句意完整，可獨立存在。

**Although** <u>they want to go fishing</u>, they have a lot of work.

= They have a lot of work **although** <u>they want to go fishing</u>.

雖然他們想要去釣魚，但是他們有一堆工作。

→ 刪除副詞子句和連接詞 although they want to go fishing 之後，They have a lot of work. 句意完整，可獨立存在。

### ❸ 和條件有關：if（如果…）

**If** <u>you can't come</u>, please let us know. 如果你不能來，請讓我們知道。

= Please let us know **if** <u>you can't come</u>.

→ 刪除副詞子句和連接詞 if you can't come 之後，Please let us know. 句意完整，可獨立存在。（Please let us know. 是祈使句，省略了主詞 you。）

## 跟讀練習

慢速 21-1A

正常速 21-1B

· **while**

Kevin was reading. 凱文正在閱讀。

Someone rang the doorbell. 有人按門鈴。

**While** <u>Kevin was reading</u>, someone rang the doorbell.

當凱文正在閱讀時，有人按門鈴。

· **before**

Miss Brown goes to bed. 布朗小姐去睡覺。

Miss Brown always brushes her teeth. 布朗小姐總是刷牙。

**Before** <u>Miss Brown goes to bed</u>, she always brushes her teeth.

布朗小姐去睡覺之前，她總是刷牙。

· **after**

The man drank coffee. 這位男子喝咖啡。

The man went home. 這位男子回家。

**After** <u>the man drank coffee</u>, he went home. 這位男子在喝咖啡之後，他回家了。

· **because**

Helen wants to get good grades. 海倫想要取得好成績。

Helen studies hard. 海倫努力用功。

**Because** <u>Helen wants to get good grades</u>, she studies hard.

因為海倫想要取得好成績，所以她努力用功。

· **although/though**

The weather is good. 天氣很好。

She doesn't want to go fishing. 她不想去釣魚。

**Though** the weather is good, she doesn't want to go fishing.

雖然天氣很好，但她不想去釣魚。

## 文法表格解析

· **副詞子句和連接詞可以刪除**

| 連接詞 + 副詞子句（可刪除） | 句子（可獨立存在） |
| --- | --- |
| **When** I told her the story, | she was afraid. |
| 當我告訴她那個故事時，她很害怕。 | |
| **Because** he is my brother, | I take care of him. |
| 因為他是我弟弟，所以我照顧他。 | |
| **Although** it is cold, | we enjoy the trip. |
| 雖然天氣冷，但我們享受旅程。 | |
| **If** it is noon in Taiwan, | it is 11 p.m. in America. |
| 如果台灣是中午，美國是十一點。 | |

## 文法小提醒

· **副詞子句，就是「有連接詞」的那一邊**

**When** I told her the story, she was afraid. 當我告訴她那個故事時，她很害怕。

→ 刪除副詞子句和連接詞以後，剩下的句子很完整：She was afraid.（她很害怕）

· **如果刪錯邊，剩下的句子無法活著**

When I told her the story, she was afraid.

→ 「When I told her the story.（當我告訴她那個故事時）」，這個句子不完整！

當我告訴她時，然後呢？發生了什麼事情？

・**when/because/although/if 這些連接詞，把兩個句子連結起來，因此左、右側各有一組動詞。**

Because he ***is*** my brother, I ***take*** care of him. 因為他是我弟弟，所以我照顧他。

→ 不寫 because，也可以換成 so（所以），還是連接詞，仍可接兩組動詞。

He ***is*** my brother, so I ***take*** care of him.

・**while 常使用進行式，強調「進行中」。**

While he ***was eating*** dinner, someone knocked on the door.

當他正在吃晚餐時，有人敲門。

## 進階跟讀挑戰

慢速分句 21-2A

正常速分句 21-2B

正常速連續 21-2C

1. The dog was excited / **when** it saw the monkey / catching a butterfly.
當這隻狗看到猴子在抓蝴蝶時，牠很興奮。

2. **Although** the man doesn't have enough money, / he wants to buy this luxurious apartment.
雖然這位男子沒有足夠的錢，但他想買這間豪華公寓。

3. Jane's bag is heavy / **because** there are four bottles of water inside.
珍的袋子很重，因為裡面有四瓶水。

4. Do you like to be massaged? // Many people love to relax themselves / **when** they have free time. / **If** you enjoy a massage, / maybe you will like this massage center in Taitung(台東). // The massage center / was founded by a priest / in 2014. // He helps local people learn how to massage / so they can earn their living. // **Because** they are highly skilled, / most customers are satisfied / with their service.
你喜歡被人按摩嗎？許多人喜愛在有空時放鬆自己。如果你享受按摩，或許你會喜歡台東的這間按摩中心。這間按摩中心是由一位神父在 2014 年創立的。他幫助當地居民學習如何按摩，好讓他們得以賺錢謀生。因為他們的技巧很好，所以大部分的客人都很滿意他們的服務。

2. luxurious [lʌgˋʒʊrɪəs] adj. 豪華的
4. massage [məˋsɑʒ] n. v. 按摩 / found [faʊnd] v. 創立 / priest [prist] n. 神父 / skilled [skɪld] adj. 熟練的

# 22 名詞子句

名詞子句，看起來雖然是個句子，卻具有「名詞」屬性。由於是子句，因此需要使用連接詞，將「母句與子句」連結成一個句子，形成「媽媽句帶著小孩句」這樣的結構。名詞子句共分成三大類型：

## ❶ that 引導的名詞子句

Amy said **that** the movie was great. 艾咪說 那部電影很棒 。

→ Amy said 是媽媽句，that the movie was great 是小孩句。

「the movie was great（那部電影很棒）」是她說話的內容。內容是名詞，所以是名詞子句。

子句裡的 that 是連接詞，因此句子可以放兩組動詞：said 和 was。這個 that 也可以隱藏起來。

名詞子句：用子句表達一件事情，並且把子句當成名詞看待

Amy said　　**that** the movie was great.

艾咪說　　那部電影很棒。

## ❷ if 或 whether 引導的名詞子句：「是否…」

I want to know **whether** Steve will visit us or not.

我想知道 史帝夫是否會拜訪我們 。

→ I want to know 是媽媽句，whether Steve will visit us or not 是小孩句。

我想知道這件事情，什麼事情呢？就是「史帝夫是否會拜訪我們」的這件事情。事情是名詞，所以是名詞子句。

子句裡的 whether 是連接詞，因此句子可以放兩組動詞：want 和 will visit。

### ❸ 疑問詞引導的名詞子句

He doesn't know **what** he can do. 他不知道他可以做什麼。

→ He doesn't know 是媽媽句，what he can do 是小孩句。

他不知道什麼事情呢？就是「他可以做什麼」的這件事情。事情是名詞，所以是名詞子句。

what 也具備連接詞功能，因此句子可以放兩組動詞：doesn't know 和 can do。

## 跟讀練習

慢速 22-1A

正常速 22-1B

· **that 引導的名詞子句**

She believes the thing. 她相信這件事情。

She believes **that** Peter will be a famous singer.

她相信彼得將會成為一位有名的歌手。

· **that 引導的名詞子句**

Tina told me the thing. 緹娜告訴我這件事情。

Tina told me **that** she didn't see a movie last night.

緹娜告訴我她昨晚沒有看電影。

· **whether 引導的名詞子句**

Mr. Lin asked Emily the question. 林先生詢問艾蜜莉這個問題。

Mr. Lin asked Emily **whether** she would come or not.

林先生詢問艾蜜莉她是否會來。

· **if 引導的名詞子句**

John doesn't know the thing. 約翰不知道這件事情。

John doesn't know **if** the woman will help him or not.

約翰不知道這位女子是否會幫助他。

· **疑問詞引導的名詞子句與名詞片語**

The man doesn't know **what** he can do.

The man doesn't know **what *to do***.

這位男子不知道他可以做什麼。

· **疑問詞引導的名詞子句與名詞片語**

Miss Brown told me **where** I could live.

Miss Brown told me **where *to live***.

布朗小姐告訴我，我可以住哪裡。

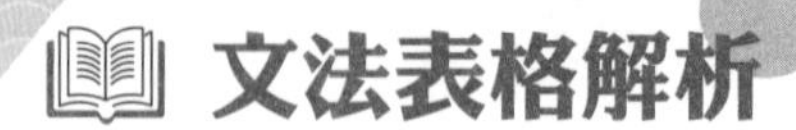

# 文法表格解析

・that 引導的名詞子句（that 可省略）

| 句子一 | 連接詞 | 句子二 | 中文 |
|---|---|---|---|
| Tina says | that | the house is beautiful. | 緹娜說這間房子很美。 |
| We believe | | the story is true. | 我們相信這個故事是真的。 |

・if/whether 引導的名詞子句

| 句子一 | 連接詞 | 句子二 | 中文 |
|---|---|---|---|
| Kate asks me | if/ whether | I need help or not. | 凱特問我是否需要幫助。 |
| I don't know | | you like dogs or not. | 我不知你是否喜歡狗。 |

・疑問詞引導的名詞子句：疑問詞後方，使用「主詞 + 動詞」

| 句子一 | 連接詞 | 句子二 | 中文 |
|---|---|---|---|
| He doesn't know | what | he can do. | 他不知道他能做什麼。 |
| She showed me | how | I should use the printer. | 她展示我應該如何使用印表機。 |
| Tim told us | where | we could find the cat. | 提姆告訴我們能在哪裡找到這隻貓。 |

# 文法小提醒

・在特定情況下，疑問詞引導的名詞子句，可以簡化為「**疑問詞 + to 原形動詞**」。

He doesn't know **what** he can do. 他不知道他可以做什麼。

→ 前後的主詞相同，都是 he，句子簡化成：He doesn't know **what *to do***.

She showed me **how** I should use the printer. 她展示我應該如何使用印表機。

→ 前後都有「我（me/I）」，句子簡化成：

She showed me **how *to use*** the printer.

Tim told us **where** we could find the cat. 提姆告訴我們能在哪裡找到這隻貓。

→ 前後都有我們（us/we），句子簡化成：Tim told us **where *to find*** the cat.

# 進階跟讀挑戰

慢速分句 22-2A　正常速分句 22-2B　正常速連續 22-2C

1. In the past, / people thought it was impossible / to go to Mars.
在過去，人們認為去火星是不可能的。（省略 that）

2. The strangest thing / is **that** the two men only come to this house at night.
最奇怪的事情是，這兩名男子只有在晚上才會來到這間屋子。

3. Steve wants to know / **whether** the lady will go out with him or not.
史帝夫想知道那位女士是否會和他一起外出。

4. If you are interested in historic sites, / you may like Sintung (新東) Sugar Factory Culture Park. // During Japanese colonization, / this place was a sugar factory, / but now / it is an art center of Taitung (台東). // Besides the well-preserved sugar factory, / **what** visitors can see there / also includes art studios, / handicraft stores, / and coffee shops. // Indigenous artists can exhibit / and sell their works there. // If you don't know **where** to go in Taitung, / why not pay a visit there?
如果你對古蹟感興趣的話，或許你會喜歡新東糖廠文化園區。在日治時期，這個地方是糖廠，但現在它是台東的藝術中心。除了保存良好的糖廠以外，遊客在那裡可以看到的，也包括藝術工作室、手工藝品店和咖啡廳。原住民藝術家可以在那裡展示和販售他們的作品。如果你在台東不知道要去哪裡，何不去那裡拜訪一下呢？

4. historic site 古蹟 / colonization [ˌkɑlənɪ`zeʃən] n. 殖民 / well-preserved [`wɛlprɪ`zɝvd] adj. 保存良好的 / studio [`stjudɪˌo] n. 工作室 / handicraft [`hændɪˌkræft] n. 手工藝品 / indigenous [ɪn`dɪdʒɪnəs] adj. 原住民的，土生土長的 / exhibit [ɪg`zɪbɪt] v. 展示 / pay a visit（短時間）拜訪

# 23 形容詞子句

**形容詞子句和形容詞一樣，都用來修飾名詞。**唯一的差別是：形容詞是「一個字詞」，而形容詞子句是「多個字詞」。現在，我們要說明，如何寫出形容詞子句？

首先，來看兩個短句。我們要把其中一句改成形容詞子句，使這兩句能合併成一個句子。

[句一] ***The girl*** is my sister. 這位女孩是我妹妹。

[句二] ***The girl*** speaks English. 這位女孩說英文。

現在，我們把句一和句二合併囉！

***The girl*** **<u>who</u> speaks English** is my sister. 說英文的這位女孩是我妹妹。

→ who speaks English 是形容詞子句，修飾 the girl 這個名詞。

The girl **<u>who</u> speaks English** is my sister.

句子合併以後，做了三項改變：

1. 合併句子以後，只寫一次 the girl 就好。
2. 句子有 is 和 speaks 這兩個動詞，因此合併句子以後，需要添加連接詞，不然兩個動詞會撞在一起出車禍。句中的 who 是「關係代名詞」，簡稱關代。**關代具有「連接詞」的功能**，能把兩個句子連接起來。此外，**關代也具有「代名詞」的功能**，代替前面提到的 the girl。
3. 由於關代前面，必須要有指稱的人或事物，也就是寫成「人/事物 + 關代（the girl + who）」的句子結構，因此原本的 The girl is my sister. 就拆開來，分別放在句首和句尾。

**關代指稱人（the girl）的時候，要使用 who，但指稱物品的時候，則要使用 which。**我們再看看兩個短句：

[句一] ***The book*** is great. 這本書很棒。
[句二] She gave me ***the book***. 她給我這本書。

現在，使用形容詞子句，把句一和句二合併。

***The book*** which **she gave me** is great. 她給我的那本書很棒。
→ 關代 which，也可以換成關代 that。寫成：The book **that** **she gave me** is great.（**關代 that 是個通用版，可以指人或事物**）。

## 跟讀練習

慢速 23-1A

正常速 23-1B

・**人物**
John knows the girl. 約翰認識這位女孩。
The girl has long hair. 這位女孩有著長髮。
John knows ***the girl*** who **has long hair**. 約翰認識這位有著長髮的女孩。

・**人物**
The young woman is my friend. 這位年輕女子是我朋友。
You talked to the young woman. 你剛剛和這位年輕女子講話。
***The young woman*** that **you talked to** is my friend.
剛剛和你講話的年輕女子是我朋友。

・**物品**
The novel is great. 這本小說很棒。
You lent her the novel. 你借小說給她。
***The novel*** which **you lent her** is great. 你借給她的小說很棒。

・**動物**
John likes dogs. 約翰喜歡狗。
Dogs bark at strangers. 狗對陌生人吠叫。
John likes ***dogs*** that **bark at strangers**. 約翰喜歡會對陌生人吠叫的狗。

## 文法表格解析

・關係代名詞是主格：who

| 句子一 | 形容詞子句（句子二） | 中文 |
| --- | --- | --- |
| I have ***a friend*** | **who is smart and polite.** | 我有一位聰明有禮的朋友。 |
| Mr. Li is ***a teacher*** | **who teaches Chinese.** | 李先生是一位教中文的老師。 |

・關係代名詞是主格：which

| 句子一 | 形容詞子句（句子二） | 中文 |
| --- | --- | --- |
| I like ***the cat*** | **which is pretty and cute.** | 我喜歡這隻漂亮可愛的貓。 |
| Amy has ***a rabbit*** | **which runs fast.** | 艾咪有一隻跑得很快的兔子。 |

・關係代名詞是受格：who、which

| 句子一 | 形容詞子句（句子二） | 中文 |
| --- | --- | --- |
| I know ***the cute girl*** | **who you talked to.** | 我認識跟你談話的可愛女孩。 |
| Lisa likes ***the novel*** | **which she gave me.** | 麗莎喜歡她給我的那本小說。 |

## 文法小提醒

・關代是「主格」的情況

I have a friend **who is smart and polite**. 我有一位聰明有禮的朋友。

句子一：I have a friend. 我有一位朋友。

句子二：**A friend is smart and polite**. 朋友聰明有禮。

→ 把句子二的 a friend 換成代名詞，是主格 he/she。

**He is smart and polite**.

（只要換成代名詞，就知道是主格還是受格。）

・關代是「受格」的情況

I know the cute girl **who you talked to**. 我認識跟你談話的可愛女孩。

句子一：I know the cute girl. 我認識這位可愛女孩。

句子二：**You talked to the cute girl**. 你和這位可愛女孩談話。

→ 把句子二的 the cute girl 換成代名詞，是受格 her：

**You talked to her.**

受格關代可省略，所以 who 可以不寫出來。受格關代 who 也可寫成 whom。

句子寫成：I know the cute girl **(whom)** **you talked to**.

## 進階跟讀挑戰

慢速分句 23-2A

正常速分句 23-2B

正常速連續 23-2C

1. ***Those*** **who take a trip to Boston** / have to take a train / from Grand Central.
   那些去波士頓旅遊的人，必須從中央車站搭乘火車。

2. A study shows / that for ***every 100 people*** / **who go to restaurants**, / 70 eat Chinese food.
   一項研究顯示，每 100 位去餐廳的人當中，有 70 位吃中式食物。

3. ***Fewer and fewer people shop in department stores***, / **which leads to a decline in cosmetic sales**.
   越來越少人在百貨公司購物，這導致化妝品銷量的衰退。

4. You may be under the impression / that all waterfalls are hard to reach, / but ***Qingyun (青雲) waterfall***, / **which is in Chiayi (嘉義)**, / is just several minutes' walk / from the nearby parking lot. // This scenic spot / is suitable for kids and elders. // ***People*** **who have been there** / are impressed by its natural beauty. // For your safety, / however, / you'd better not go into the water.
   在你的印象中，可能會認為所有瀑布都很難到達，但位於嘉義的青雲瀑布，從附近的停車場走路只要幾分鐘。這個景點適合小孩和長者。去過那裡的人對它的自然美景印象深刻。不過，為了你的安全，最好不要下水。

3. decline [dɪˋklaɪn] n. 衰退 / cosmetic [kɑsˋmɛtɪk] adj. 化妝品的
4. impression [ɪmˋprɛʃən] n. 印象 / waterfall [ˋwɔtɚˏfɔl] n. 瀑布 / be impressed by 對…印象深刻

# 24 現在分詞

現在分詞，就是在一般動詞後面加上 ing，寫成 V-ing。**現在分詞是「形容詞」。**怎麼知道現在分詞是形容詞呢？我們可以比較下方兩個句子，會發現 running 和 cute 位置相同。由於 cute 是形容詞，因此相同位置對照下來的 running，也是「形容詞」，文法上稱為「現在分詞（V-ing）」。

The dog | is | **cute.** 這隻狗很可愛。
The dog | is | **running.** 這隻狗奔跑中。

現在分詞有兩大特點：

## ❶ 表示進行

Please don't touch **boiling** water.
請不要觸碰沸騰中的水。

→ 這個句子雖然沒有使用現在進行式，但這裡的「boiling（沸騰中的）」是現在分詞，所以是形容詞，修飾名詞 water。

Please don't touch **boiling** water.

A **smiling** boy talks to his teacher. 一位微笑著的男孩和他的老師講話。

→ 原本是動詞 smile，加上 ing，寫成「smiling（微笑的）」，轉成現在分詞，也就是形容詞，修飾名詞 boy。

這種不使用現在進行式，而直接以「現在分詞」修飾名詞的寫法，在中級文法裡，會經常看到喔！

## ❷ 表示主動

The bird is **singing.** 這隻鳥正在唱歌。

→ is singing（正在唱歌）除了表示進行，也表示主動，因為鳥是「主動唱歌」，而不是「被唱出來」。

第 16 單元的現在進行式，與本單元的現在分詞有關。看完這個單元，不妨翻到第 16 單元複習一下喔！

現在分詞，除了表示主動／進行，還可以用來「描述情緒」。關於描述情緒的說明，請見本單元的「文法小提醒」部分。

## 跟讀練習

慢速 24-1A

正常速 24-1B

· **主動、進行**

The cat is **sleeping**. 這隻貓正在睡覺。

The **sleeping** cat is in the garden. 這隻睡覺中的貓在花園裡。

· **主動、進行**

The bicycle is **burning**. 這輛腳踏車正燃燒中。

The **burning** bicycle is in the forest. 這輛燃燒中的腳踏車在森林裡。

· **主動、進行**

The woman is **laughing**. 這位女子正大笑著。

The **laughing** woman is at the party. 這位大笑著的女子在派對中。

· **描述情緒**

The novel is **interesting**. 這本小說很有趣。

The novel is **interesting** to me. 這本小說對我而言很有趣。

It is an **interesting** novel. 這是一本有趣的小說。

· **描述情緒**

The baseball game is **exciting**. 這場棒球比賽令人興奮。

The baseball game is **exciting** to him. 這場棒球比賽對他來說令人興奮。

It is an **exciting** baseball game. 這是一場令人興奮的棒球比賽。

· **描述情緒**

The movie is **boring**. 這部電影令人無聊。

The movie is **boring** to us. 這部電影對我們來說很無聊。

It is a **boring** movie. 這是一部令人無聊的電影。

# 文法表格解析

・像形容詞一樣，放在名詞前面，修飾名詞

| 冠詞 | 形容詞（現在分詞） | 名詞 | 中文 |
|---|---|---|---|
| a | **moving** | train | 一輛移動中的列車 |
| a | **sleeping** | baby | 一個睡覺中的嬰兒 |
| an | **exciting** | ball game | 一場令人興奮的球賽 |

・像形容詞一樣，放在 be 動詞後面

| 主詞 | be 動詞 | 形容詞（現在分詞） | 中文 |
|---|---|---|---|
| The train | is | **moving**. | 這輛列車正移動著。 |
| The baby | | **sleeping**. | 這個嬰兒正在睡覺。 |
| The ball game | | **exciting**. | 這場球賽令人興奮。 |

# 文法小提醒

・**描述情緒的現在分詞**

幾個常見的情緒動詞和形容詞如下：

| 情緒動詞 | 情緒形容詞／現在分詞（V-ing） |
|---|---|
| excite 使興奮 | exciting 令人興奮的 |
| interest 使覺得有趣 | interesting 令人覺得有趣的 |
| bore 使無聊 | boring 令人無聊的 |

情緒動詞可以直接當動詞用，或者加 -ing 變成形容詞。

1. 當動詞用：The ball game **excites** me. 這場球賽使我興奮。
2. 情緒動詞加上 ing，變成情緒形容詞（exciting、interesting 等等）：
   The ball game is **exciting**. 球賽令人興奮。
3. 現在分詞（V-ing）形態的情緒形容詞，後面可以用介系詞 to 表示「讓誰有這樣的感覺」。
   The ball game is **exciting** to me. 對我來說，這場球賽令人興奮。
   The movie is **interesting** to us. 對我們來說，這部電影很有趣。

## 進階跟讀挑戰

慢速分句 24-2A

正常速分句 24-2B

正常速連續 24-2C

1. The corgi is **hiding** somewhere / in the apartment.
   這隻柯基犬躲藏在公寓裡的某處。

2. Scientists are **doing** some research / into the **melting** ice in Greenland.
   科學家正在對格陵蘭島的融冰進行一些研究。

3. I heard an **interesting** conversation / when I was **studying** in the coffee shop.
   我在咖啡店讀書的時候，聽到一段有趣的對話。

4. Do you want to get up late / and eat a hearty breakfast? // If you are **looking** for such a place to stay, / this hotel in Yilan (宜蘭) / may be an ideal choice. // It serves brunch / from 6:30 a.m. to 1:30 p.m. // Check-out time is 11 o'clock, / so you can get up at 10:30. // After checking out, / you can go to the restaurant for brunch. // The restaurant serves Taiwanese, / Japanese, / and Korean dishes. // It will surely be a **relaxing** holiday.
   你想晚起，又有豐盛早餐吃嗎？如果你正在尋找這樣的住宿地點，這間宜蘭的飯店可能是個理想選擇。它從早上六點半到下午一點半提供早午餐。退房時間是十一點鐘，所以你可以十點半起床。退房之後，你可以到餐廳吃早午餐。餐廳供應台式、日式和韓式菜色。這一定會是個令人放鬆的假期。

1. corgi [`kɔrgɪ] n. 柯基犬
2. melt [mɛlt] v. 融化
4. hearty [`hɑrtɪ] adj.（食物）豐盛的 / ideal [aɪ`diəl] adj. 理想的 / serve [sɝv] v. 供應（餐點）/ surely [`ʃʊrlɪ] adv. 確實，一定

# 25 過去分詞

一般動詞，也就是「有動作」的動詞，例如：boil（沸騰）、develop（發展）、wash（清洗），可以轉成過去分詞。**轉成過去分詞以後，詞性就變成『形容詞」，而不再是動詞**。過去分詞有兩大特點：

## ❶ 表示完成

**Boiled** water is in the bottle.
開水在瓶子裡。
→ boil (v.) 煮沸。boiled 是過去分詞，意思是：「已煮沸了的」。詞性是形容詞，修飾名詞 water。

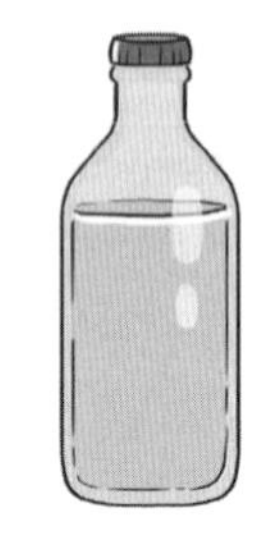

**Boiled** water is in the bottle.

America is a **developed** country, while Brazil is a ***developing*** country.
美國是已開發國家，而巴西是開發中國家。
→ develop (v.) 發展。developed 是過去分詞，意思是：「已經開發的」。詞性是形容詞，修飾名詞 country。
→ developing 是現在分詞，意思是：「正在開發的」。詞性是形容詞，修飾名詞 country。

**Fallen** leaves are on the ground. 落葉在地面。
→ fall (v.) 掉落。fallen 是過去分詞，意思是：「掉落了的」，詞性是形容詞，修飾複數名詞 leaves（葉子）。

## ❷ 表示被動

The car is **washed** by John every week. 這輛車每週被約翰清洗。
→ wash (v.) 清洗。washed 是過去分詞，使用被動句型：「be 動詞 + 過去分詞」，因為車子是被人清洗。（動詞是 is，而 washed 是形容詞）

以下表格整理分詞與動名詞的詞性，兩種分詞都扮演形容詞的角色。

| | 長相 | 詞性 |
|---|---|---|
| 過去分詞（p.p.） | V-ed、V-en 等等 | 形容詞 |
| 現在分詞 | V-ing | 形容詞 |
| 動名詞 | V-ing | 名詞 |

了解分詞和動名詞的詞性，是掌握中級文法的關鍵。想知道更多動名詞的用法，可以參閱第 14 單元。想了解現在分詞，請翻閱第 24 單元哦！

此外，過去分詞還可用來「描述情緒」，請參考下一頁的「文法小提醒」。

## 跟讀練習

慢速 25-1A

正常速 25-1B

- 被動、完成

  The car is **used**. 這輛車被使用。

  The **used** car is in the yard. 這輛中古車在院子裡。

- 被動、完成

  The printer is **broken**. 這台印表機壞掉了。

  The **broken** printer is in the meeting room. 這台壞掉的印表機在會議室裡。

- 被動、完成

  The boy is **injured**. 這位男孩受傷了。

  The **injured** boy is in the hospital. 這位受傷的男孩在醫院裡。

- 描述情緒

  Peter is **worried**. 彼得感到擔心。

  Peter is **worried** about his daughter. 彼得對他的女兒感到擔心。

- 描述情緒

  Mr. Lin is **excited**. 林先生感到興奮。

  Mr. Lin is **excited** about the ball game. 林先生對這場球賽感到興奮。

- 描述情緒

  The girl is **bored**. 這位女孩感到無聊。

  The girl is **bored** with the movie. 這位女孩對這部電影感到無聊。

## 文法表格解析

・像形容詞一樣，放在名詞前面，修飾名詞

| 冠詞 | 形容詞（過去分詞） | 名詞 | 中文 |
|---|---|---|---|
| a | **used** | car | 一輛中古車 |
| a | **broken** | glass | 一個破掉的玻璃杯 |
| an | **excited** | baseball fan | 一位感到興奮的棒球迷 |

・像形容詞一樣，放在 be 動詞後面

| 主詞 | be 動詞 | 形容詞（過去分詞） | 中文 |
|---|---|---|---|
| The car | is | **used.** | 這輛車被使用。 |
| The glass | | **broken.** | 這個玻璃杯是破的。 |
| The baseball fan | | **excited.** | 這位棒球迷很興奮。 |

## 文法小提醒

・描述情緒的過去分詞

幾個常見的情緒動詞和形容詞如下：

| 情緒動詞 | 情緒形容詞／過去分詞（p.p.） |
|---|---|
| excite 使興奮 | excited 感到興奮的 |
| interest 使覺得有趣 | interested 感到有趣的 |
| bore 使無聊 | bored 感到無聊的 |

情緒動詞可以直接當動詞用，或者改為過去分詞，也就是形容詞。

1. 當動詞用：The ball game **excites** me. 這場球賽使我興奮。
2. 情緒動詞改成過去分詞，變成情緒形容詞（excited、interested 等等）：
   I am **excited**. 我感到興奮。
3. 過去分詞（p.p.）形態的情緒形容詞，有各自搭配的介系詞。
   I am **excited** **about** the ball game. 我對球賽感到興奮。
   He is **interested** **in** the movie. 他對這部電影感興趣。
   She is **bored** **with** the party. 她對派對感到無聊。

# 進階跟讀挑戰

慢速分句 25-2A

正常速分句 25-2B

正常速連續 25-2C

1. He is **married** with two **grown** children.
   他已婚，並且有兩名成年子女。

2. Every member must attend orientation. // There are no exceptions **allowed**.
   每位成員都必須參加培訓。不允許有例外。

3. The singer is **tired** of answering questions / about his love affairs.
   這位歌手厭倦回答有關他風流韻事的問題。

4. In the vicinity of Jianan (嘉南) Plain, / there is a farm **known** for its longan trees. // Tourists can take a free **guided** tour / or a self-**guided** tour. // On the farm, / they can taste longan honey / and **dried** longan. // There are also log cabins / for tourists to stay overnight. / They will love the spectacular mountain view there.
   在嘉南平原附近，有一座以龍眼樹聞名的農場。遊客可以參加免費導覽或者自助遊。在農場，他們可以品嚐龍眼蜜和龍眼乾。那裡也有木屋讓遊客過夜。他們會喜歡那裡的壯觀山景。



2. orientation [ˌorɪɛn`teʃən] n.（為新進員工或新入學的學生舉辦的）培訓
3. love affair 風流韻事
4. vicinity [və`sɪnətɪ] n. 周圍地區，附近 / longan [`lɑŋgən] n. 龍眼 / guided tour 有導遊的導覽 / self-guided tour 自助遊 / log cabin 木造小屋 / overnight [`ovə`naɪt] adv. 一整晚 / spectacular [spɛk`tækjələ] adj. 壯觀的

# 26 對等句簡化成「分詞構句」

分詞構句，顧名思義，就是「分詞」（包括現在分詞和過去分詞）構成的句子。**句子改成分詞構句，就不需要連接詞，因為只剩一組動詞。**下面就讓我們看看 and 構成的對等句，如何變成分詞構句。

## ❶ 現在分詞：表示主動

改變前的句子：

He opened the door, ***and*** he turned on the light. 他開門，他打開電燈。

這個句子有兩個動詞：opened 和 turned。待會改成分詞構句之後，只會剩下一個動詞 opened。

| | |
|---|---|
| 步驟 1 刪除連接詞 | He opened the door, ~~and~~ he turned on the light.<br>沒有連接詞，句子就只能有一組動詞，所以步驟 3 會做動詞變化。 |
| 步驟 2 刪除相同的主詞 | He opened the door, ~~he~~ turned on the light.<br>主詞相同，出現一次即可。 |
| 步驟 3 把第二個動詞改成分詞 | He opened the door, **turning** on the light.<br>原本的 turned 是過去式動詞，因為「他打開電燈」是主動的動作，所以要改為現在分詞（turning）。分詞是形容詞，所以句子裡的動詞，只剩下 opened。 |

簡化過的句子如下：

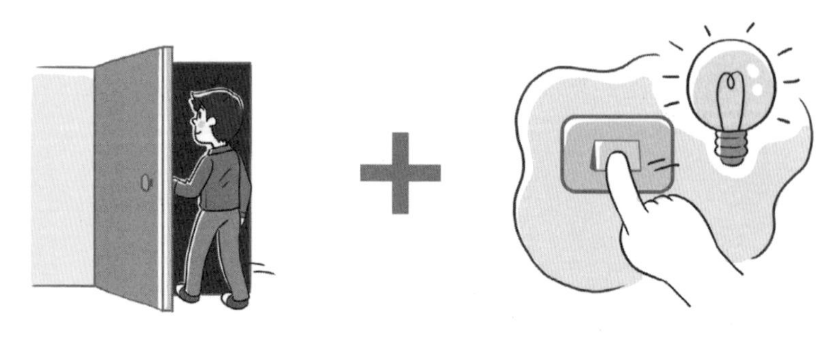

He opened the door, **turning** on the light. 他開門，打開電燈。

## ❷ 過去分詞：表示被動

改變前的句子：

I watch TV, ***and*** I am shocked by the news. 我看電視，我被新聞震驚到。

這個句子有兩個動詞：watch 和 am。shocked 是過去分詞，也就是形容詞。接下來改成分詞構句。

| | |
|---|---|
| 步驟 1 刪除連接詞 | I watch TV, ~~and~~ I am shocked by the news. |
| 步驟 2 刪除相同的主詞 | I watch TV, ~~I~~ am shocked by the news. |
| 步驟 3 把 be 動詞刪除，留下分詞 | I watch TV, ~~am~~ **shocked** by the news. |

當我們刪除連接詞 and 之後，句子不能放兩個動詞，而且因為 am 只有文法上的動詞功能，而沒有字詞意義，所以刪除 am，只留下表示被動意義的過去分詞 shocked。改成分詞構句以後，句子只剩一個動詞 watch。

簡化過的句子如下：

I watch TV, **shocked** by the news. 我看電視，被新聞震驚到。

## 跟讀練習

慢速 26-1A

正常速 26-1B

· **現在分詞**

She closed the window, ***and*** she turned off the light.

She closed the window, **turning** off the light. 她關窗，關燈。

· **現在分詞**

James walked into the office, ***and*** he sat next to the manager.

James walked into the office, **sitting** next to the manager.

詹姆士走進辦公室，坐在經理旁邊。

· **過去分詞**

Paul stood by the window, ***and*** he was fascinated by the scenery.

Paul stood by the window, **fascinated** by the scenery.

保羅站在窗邊，被風景吸引。

・過去分詞

Kevin walks into the house, ***and*** he is amazed by the interior design.

Kevin walks into the house, **amazed** by the interior design.

凱文走進屋裡，對於室內設計感到驚豔。

## 文法表格解析

※ 分詞的形式取決於意思是「主動」或「被動」，而不受時態影響

**・分詞構句：現在分詞（主動）**

| 主詞 + 動詞… | 分詞構句 | 中文 |
|---|---|---|
| She turns off the light, | **closing** the door. | 她關燈，關門。 |
| He arrived at the train station, | **buying** a ticket. | 他抵達火車站，買票。 |

**・分詞構句：過去分詞（被動）**

| 主詞 + 動詞… | 分詞構句 | 中文 |
|---|---|---|
| Amy reads the book, | **shocked** by the story. | 艾咪看書，被故事驚嚇。 |
| He stood by the window, | **fascinated** by the scenery. | 他站在窗邊，被景色吸引。 |

## 文法小提醒

**・兩個動作「不是」同時發生，改成分詞構句，需加逗點**

She turns off the light, **closing** the door. 她關燈，關門。

→ 關燈和關門的動作，有先後的時間差，因此要加逗點。

（原句為 She turns off the light, ***and she closes*** the door.）

He arrived at the train station, **buying** a ticket. 他抵達火車站，買票。

→ 抵達和購買的動作，有先後的時間差，所以要加逗點。

（原句為 He arrived at the train station, ***and he bought*** a ticket.）

**・兩個動作「是」同時發生，改成分詞構句，有無逗點皆可**

Amy reads the book**(,)** **shocked** by the story. 艾咪看書，被故事驚嚇。

→ 受到驚嚇，是在看書過程中發生的，所以是同時發生。
（原句為 Amy reads the book, ***and she is shocked*** by the story.）

He stood by the window(,) **fascinated** by the scenery. 他站在窗邊，被景色吸引。
→ 被景色吸引，是他站窗邊時發生的，所以是同時發生。
（原句為 He stood by the window, ***and he was fascinated*** by the scenery.）

## 進階跟讀挑戰

慢速分句 26-2A

正常速分句 26-2B

正常速連續 26-2C

1. Nearby Kaohsiung (高雄) Museum of Fine Arts, / there is a Japanese-style coffee shop. // It is spacious inside, / and there is a landscape painting of Mount Fuji / on the wall. // Many museum-goers visit the coffee shop, / **attracted** by its atmosphere. // In the coffee shop, / they can chat with their friends, / **waiting** for their food to be served. // There are also many restaurants and clothing stores in this area, / so they can go for a walk there / after enjoying afternoon tea.
   在高雄美術館附近，有一間日式風格的咖啡店。它的室內很寬敞，而且牆上有一幅富士山的風景畫。許多經常參觀美術館的人，受到咖啡店的氣氛吸引而造訪。在咖啡店裡，他們可以在和朋友聊天的同時等待食物上桌。這個區域也有許多餐廳和服飾店，所以在享用下午茶之後，他們可以到附近散步。

2. Yuejin (月津) Lantern Festival takes place every year. // During the festival, / many tourists flock to Yanshui (鹽水) district, / **appreciating** colorful light reflections on the water. // They can also visit Yongcheng (永成) movie theater, / which was established in 1945. // At that time, / the theater showed Japanese and Philippine movies. // Today, / it still shows old movies, / **creating** a retro atmosphere. // Tourists sit on its wooden benches, / **brought** back to the past.
   月津港燈節每年都會舉辦。在燈節期間，許多遊客湧入鹽水區，欣賞水面上五顏六色的光影。他們也可以造訪創立於 1945 年的永成戲院。當時，戲院放映日本和菲律賓的電影。現在，這座戲院仍然放映老電影，創造出復古的氛圍。遊客坐在戲院的木製長凳上，被帶回過去的時光。

1. spacious [`speʃəs] adj. 寬敞的 / landscape [`lænd͵skep] n. 風景 / museum-goer 常參觀博物館的人 / atmosphere [`ætməs͵fɪr] n. 氣氛
2. lantern [`læntɚn] n. 燈籠 / flock to 湧入… / appreciate [ə`priʃɪ͵et] v. 欣賞 / reflection [rɪ`flɛkʃən] n. 反射，倒影 / establish [ə`stæblɪʃ] v. 建立 / retro [`rɛtro] adj. 復古的

# 27 副詞子句簡化成「分詞構句」：一般動詞

表示原因、條件或時間的副詞子句（例如：because/if/when...），也可以轉換成分詞構句。以下就用兩個例子，來看轉為分詞構句的過程。

## ❶ 一般動詞

改變前的句子：

***Because*** he took a taxi, he got to work on time.

→ 句子有兩個動詞：took 和 got。改成分詞構句之後，只會剩下一個動詞 got。

| | |
|---|---|
| 步驟 1 刪除連接詞 | ~~Because~~ he took a taxi, he got to work on time. |
| 步驟 2 刪除相同的主詞 | ~~He~~ took a taxi, he got to work on time.<br>刪除的主詞，必須跟連接詞 because 是同一邊。 |
| 步驟 3 把動詞改成分詞 | **Taking** a taxi, he got to work on time.<br>由於「搭計程車」是主動的動作，因此改成現在分詞，也就是形容詞。句子裡的動詞只剩下 got。 |

簡化過的句子如下：

**Taking** a taxi, he got to work on time. 因為他搭計程車，所以準時上了班。

解說完「一般動詞」的改法之後，再補充「完成式（have + p.p.）」的分詞構句改法。

## ❷ 完成式

改變前的句子：

***Because*** she has worked for ten hours, she feels sleepy.

這個例句的動詞有 has worked 和 feels 這兩組，如何簡化成分詞構句呢？

| | |
|---|---|
| 步驟 1　刪除連接詞 | ~~Because~~ she has worked for ten hours, she feels sleepy. |
| 步驟 2　刪除相同的主詞 | ~~She~~ has worked for ten hours, she feels sleepy. |
| 步驟 3　把動詞改成分詞 | **Having worked for ten hours**, she feels sleepy. has worked 的 worked 是過去分詞，分詞是形容詞。因此，只要把 has 改成現在分詞 having，句子就只剩一個動詞 feels。 |

簡化過的句子如下：

Having **worked** for ten hours,
因為已經工作了十小時，

she feels sleepy.
她覺得想睡。

## 跟讀練習

慢速 27-1A

正常速 27-1B

- **一般動詞**

  ***When*** the mouse saw the cat, it ran away.

  Seeing the cat, the mouse ran away. 當這隻老鼠看到貓，牠拔腿就跑。

- **一般動詞**

  ***If*** you go straight, you will see the park.

  Going straight, you will see the park. 如果你直走，你會看到公園。

- **完成式**

  ***Because*** she has lived in America for ten years, she can speak English well.

  Having **lived** in America for ten years, she can speak English well.

  因為她在美國住了十年，所以英語講得很好。

- **完成式**

  ***After*** the woman had finished the work, she felt glad.

  Having **finished** the work, the woman felt glad.

  在女子完成工作之後，她感到高興。

# 文法表格解析

・分詞構句：一般動詞

| 分詞構句 | 主詞 + 動詞… | 中文 |
| --- | --- | --- |
| **Waking** up early, | she arrived on time. | 因為她早起，所以準時抵達。 |
| **Going** straight, | you will see the library. | 如果直走，你會看到圖書館。 |

・分詞構句：完成式

| 分詞構句 | 主詞 + 動詞… | 中文 |
| --- | --- | --- |
| **Having finished** the work, | she felt happy. | 完成工作之後，她很高興。 |
| **Having studied** all night, | he is tired. | 唸了整晚的書，他很疲累。 |

# 文法小提醒

**・改成分詞構句，「可保留」連接詞，取其字義**

連接詞有文法上的功能，同時也有「字詞意義」。有時候，刪除連接詞，會使句義不夠清楚，此時可保留連接詞。雖然改成分詞構句之後，只剩一個動詞，並不需要連接詞的文法功能，但寫出連接詞，能讓句義清楚。

**Working** hard, he couldn't finish the project. 雖然努力工作，但他沒完成企畫案。
→ ***(Although)*** **Working** hard, he couldn't finish the project. **[保留連接詞]**
（原句為 ***Although he worked*** hard, he couldn't finish the project.）

如果可以從句子內容，判斷省略的連接詞，就不需要特地保留連接詞。

**Having** finished the work, she felt happy. 完成工作之後，她很高興。
→ 能合理推斷連接詞是 after，因為是先完成工作，之後她高興。
（原句為 ***After she had finished*** the work, she felt happy.）

# 進階跟讀挑戰

慢速分句 27-2A　正常速分句 27-2B　正常速連續 27-2C

1. ***When*** **visiting** Kaohsiung (高雄), / you will see a famous historic site / called "Mingde (明德) New Village." // There are fifty-eight wooden houses / in the village. // **Having left** China, / some high-ranking officers / and their families moved there. // Thus, / Mingde New Village is also called "General Village." // Today, / this village has become a cultural park. // Tourists can visit the houses / and imagine the early life of the officers.
造訪高雄時，你會看到一個名為「明德新村」的著名歷史遺跡。村裡有五十八棟木屋。一些高階軍官和他們的家人在離開中國之後，就遷居到那裡。因此，明德新村又稱為將軍村。現在，這個村莊已經變成一座文化園區。遊客可以參觀這些房子，想像這些軍官的早期生活。

2. Those who are interested in architectural design / will want to visit Kaohsiung (高雄) Main Public Library, / which is close to Sanduo (三多) Shopping District MRT Station. // **Leaving** the station, / you will see a department store. // Turn right and go straight for two blocks, / and the library will be on your left. // The center of the library is roofless. / Such a design is similar / to that of the Globe Theater in the UK. // **Having been** to the Globe Theater, / I am glad to see that / this kind of retro design / is realized here.
對於建築設計感興趣的人，會想參觀高雄市立圖書館總館，它位於捷運三多商圈站附近。離開捷運站之後，你將會看到一間百貨公司。右轉再直走兩個街口，圖書館會在你的左側。圖書館的中間沒有屋頂。這種設計和英國環球劇院很相似。因為去過環球劇院，所以我很高興看到這種復古設計在這裡實現了。

1. high-ranking [ˋhaɪˏræŋkɪŋ] adj. 等級高的 / general [ˋdʒɛnərəl] n. 將軍 / cultural park 文化園區
2. architectural [ˏɑrkəˋtɛktʃərəl] adj. 建築的 / roofless [ˋruflɪs] adj. 沒有屋頂的 / retro [ˋrɛtro] adj. 復古的 / realize [ˋrɪəˏlaɪz] v. 實現

# 28 副詞子句簡化成「分詞構句」：be 動詞

上一個單元，改的是含有「一般動詞」的句子。這個單元，我們要來改含有「be 動詞」的句子。

## ❶ 被動式

改變前的句子：

***Because*** she was frightened by the snake, she screamed.

這個句子有兩組動詞 was frightened 和 screamed。was frightened 是「be 動詞＋過去分詞」，因此真正的動詞是 was，而 frightened 是過去分詞，也就是形容詞。

| | |
|---|---|
| 步驟 1 刪除連接詞 | ~~Because~~ she was frightened by the snake, she screamed. |
| 步驟 2 刪除相同的主詞 | ~~She~~ was frightened by the snake, she screamed. |
| 步驟 3 把 be 動詞刪除，留下分詞 | ~~was~~ **Frightened** by the snake, she screamed.<br>當我們刪除連接詞 because 之後，句子不能放兩個動詞，而且因為 was 只有文法上的動詞功能，而沒有字詞意義，所以刪除 was，只留下表示被動意義的過去分詞 frightened。改成分詞構句以後，句子只剩一個動詞 screamed。 |

簡化過的句子如下：

**Frightened** by the snake,
因為被蛇驚嚇，

she screamed.
她尖叫。

### ❷ be 動詞 + 形容詞

改變前的句子：

***As*** the boy is happy and curious, he walks around the room.

這個 as 意思相當於 because。句子有兩個動詞：is 和 walks。這次句子裡沒有被動語態，但改法相同。

步驟 1 刪除連接詞

~~As~~ the boy is happy and curious,
he walks around the room.

步驟 2 刪除相同的主詞

~~The boy~~ is happy and curious,
he walks around the room.

步驟 3 刪除 be 動詞

~~is~~ **Happy and curious**, he walks around the room.

句子前後的主詞都是 the boy，不過 the boy 只出現在前半句，並且在步驟 2 刪除主詞時消失了，因此要記得把 he 換回 the boy。

簡化過的句子如下：

**Happy and curious**, the boy walks around the room.

因為這位男孩開心又好奇，所以他繞著房間走動。

## 跟讀練習

慢速 28-1A

正常速 28-1B

· **被動式**

Because the boy ***was frightened*** by the frog, he jumped up onto the chair.

**Frightened** by the frog, the boy jumped up onto the chair.

因為被青蛙驚嚇，男孩跳到椅子上。

· **被動式**

Although the woman ***was angered*** by the story, she kept smiling.

(Although) **Angered** by the story, the woman kept smiling.

雖然這位女子被故事激怒，但她還是保持微笑。

· **be 動詞 + 形容詞**

As the woman ***is shy and quiet***, she lives alone.

**Shy and quiet**, the woman lives alone. 因為害羞又安靜，這位女子獨居。

・**be 動詞 + 形容詞**

As the boy ***was thirsty and hungry***, he begged for food.

**Thirsty and hungry**, the boy begged for food.

因為這位男孩又渴又餓，所以他乞討食物。

## 文法表格解析

・**分詞構句：被動式（be 動詞 + 過去分詞）→ 去掉 be 動詞**

| 分詞構句 | 主詞 + 動詞… | 中文 |
|---|---|---|
| **Frightened** by the spider, | she cried. | 因為被蜘蛛嚇到，她哭了。 |
| **Angered** by the news, | he kept smiling. | 雖然被消息激怒，但他保持微笑。 |

・**分詞構句：be 動詞 + 形容詞 → 去掉 be 動詞**

| 分詞構句 | 主詞 + 動詞… | 中文 |
|---|---|---|
| **Shy and quiet**, | the man lives alone. | 因為害羞安靜，這位男子獨居。 |
| **Sleepy and sick**, | she stays home. | 因為愛睏且身體不適，她待在家。 |

## 文法小提醒

・**be 動詞可以改成 being，也可以省略**

原句：***Because she was frightened*** by the spider, she cried.

因為被蜘蛛嚇到，她哭了。

刪除連接詞 because 之後，不能放兩組動詞，因此 be 動詞改成 being。

→ **Being frightened** by the spider, she cried.

由於 being 無意義，所以也可以省略。

→ **Frightened** by the spider, she cried.

原句：***As the man is shy and quiet***, he lives alone.

因為害羞安靜，這位男子獨居。

刪除連接詞 as 之後，不能放兩組動詞，因此 be 動詞改成 being。

→ **Being shy and quiet**, the man lives alone.

由於 being 無意義，所以也可以省略。

→ **Shy and quiet**, the man lives alone.

（原句裡的 as 與 because 同義）

## 進階跟讀挑戰

慢速分句 28-2A

正常速分句 28-2B

正常速連續 28-2C

1. **Attracted** by the fabulous scenery, / lots of people visit Gaomei (高美) Wetlands. // Every winter, / many migratory birds fly there / to spend their winter. // **Alert and timid**, / migratory birds stay away from people. // One of the best-known migratory birds / is the black-faced spoonbill. // Birdwatchers go to the wetlands / with binoculars and cameras. // To get a perfect bird photo, / they can wait for hours.
   被美景吸引，許多人造訪高美濕地。每年冬天，大批候鳥飛到那裡過冬。候鳥警覺性高且生性膽小，牠們遠離人群。黑面琵鷺是最著名的候鳥之一。賞鳥人士攜帶雙筒望遠鏡和相機前往濕地。為了拍到完美的鳥類照片，他們可以等好幾小時。

2. Are you looking for a good lip balm? / This brand of lip balm / is your best choice. // The founder is Helen Lin. // **Shocked** by her bleeding lips, / she developed this lip balm / with coconut oil. // Besides keeping your lips moisturized, / this lip balm also provides sun protection. // It is a must-have item / for people who are often engaged / in outdoor activities. // **Hardworking and ambitious**, / Helen plans to sell this product / to other countries.
   你正在尋找一款好的護唇膏嗎？這個牌子的護唇膏是你的最佳選擇。創始人是林海倫。她被自己流血的嘴唇驚嚇到，於是用椰子油開發了這款護唇膏。除了為你的嘴唇保濕，這款護唇膏也提供防曬效果。它是經常從事戶外活動者的必備物品。海倫工作勤奮又有雄心壯志，她計畫把這項產品銷售到其它國家。

1. attract [ə`trækt] v. 吸引 / fabulous [`fæbjələs] adj. 非常好的 / wetland [`wɛt͵lənd] n. 濕地 / migratory bird 候鳥 / alert [ə`lɝt] adj. 警覺的 / timid [`tɪmɪd] adj. 膽小的 / black-faced spoonbill 黑面琵鷺 / binoculars [bɪ`nɑkjələ-z] n. 雙筒望遠鏡
2. lip balm 護唇膏 / founder [`faʊndɚ] n. 創始人 / bleed [blid] v. 流血 / develop [dɪ`vɛləp] v. 開發（新產品）/ moisturize [`mɔɪstʃə͵raɪz] v. 使濕潤 / be engaged in 從事…活動 / ambitious [æm`bɪʃəs] adj. 雄心壯志的，有抱負的

# 29 形容詞子句簡化成「分詞片語」

前幾個單元都是將副詞子句改成分詞的結構，這個單元我們用形容詞子句來改。**形容詞子句，就是有「關係代名詞」的句子。**

## ❶ 改為現在分詞：表示主動或進行

改變前的句子：

***The girl* who speaks English** is my sister. 說英文的這位女孩是我妹妹。

這個句子在第 23 單元「形容詞子句」出現過，現在我們使用同一個句子，將「形容詞子句」，簡化成「分詞片語」。

| | |
|---|---|
| 步驟 1 刪除連接詞 | The girl ~~who~~ speaks English is my sister. |
| 步驟 2 將動詞改為分詞 | The girl **speaking** English is my sister.<br>關代具有連接詞功能，因此可以放兩組動詞 speaks 和 is。但是，當我們刪除 who 之後，句子只能有一個動詞 is。人是「主動說」語言，而不是「被說」。現在分詞（V-ing）表示主動，因此使用現在分詞 speaking。 |

修改過的句子如下：

***The girl* speaking English** is my sister.

→ 要簡化的是形容詞子句 who speaks English，因此要改成分詞的是 speaks，而不是 is。speaking 是現在分詞，也就是形容詞。

## ❷ 改為過去分詞：表示被動或完成

改變前的句子：

Steve lost ***the cell phone* that was bought by his uncle.**

史帝夫遺失了他叔叔買給他的手機。

→ 關代（that）具有連接詞的功能，因此可以放兩組動詞 lost 和 was bought。其中的 bought 是過去分詞，也就是形容詞，因此真正的動詞是 was。

步驟 1 刪除連接詞

Steve lost the cell phone ~~**that**~~ was bought by his uncle.

was bought 是被動式，表示手機被人購買。刪除連接詞 that 之後，句子不能使用兩個動詞，因此接下來要處理動詞。

步驟 2 將動詞改為分詞

Steve lost the cell phone ~~**was**~~ **bought** by his uncle.

由於是被動式，句子原本就有過去分詞 bought，只需刪除動詞 was，即可形成分詞片語。

修改過的句子如下：（過去分詞是形容詞，所以只有一個動詞 lost）。

Steve lost ***the cell phone*** **bought by his uncle**.

Steve lost the cell phone.　　The cell phone was bought by his uncle.

※ 想了解形容詞子句，可以參閱第 23 單元。關於現在分詞和過去分詞的功能與詞性，可以查詢第 24 和 25 單元喔！

## 跟讀練習

慢速 29-1A

正常速 29-1B

・**現在分詞**

The man who drives the red car is my uncle.

The man **driving the red car** is my uncle. 開紅色車子的這位男子是我叔叔。

・**現在分詞**

The young woman who lives in the wooden house is a movie star.

The young woman **living in the wooden house** is a movie star.

住在這間木屋裡的年輕女子是位電影明星。

・**過去分詞**

Helen lost the pen that was bought by her father.

Helen lost the pen **bought by her father**. 海倫遺失她父親買給她的筆。

・**過去分詞**

Mr. Lin wants to buy an apartment which is located downtown.

Mr. Lin wants to buy an apartment **located downtown**.

林先生想買一間位於市中心的公寓。

## 文法表格解析

・**分詞片語：現在分詞（表示主動或進行）**

| 名詞 | 分詞片語 | 中文 |
|---|---|---|
| the woman | **reading a novel** | 正在閱讀小說的那位女子 |
| a man | **living in New York** | 一位住在紐約的男子 |

・**分詞片語：過去分詞（表示被動或完成）**

| 名詞 | 分詞片語 | 中文 |
|---|---|---|
| the bicycle | **bought by Tim's uncle** | 提姆叔叔買的那輛腳踏車 |
| a house | **located downtown** | 一間位於市中心的房子 |

## 文法小提醒

・**「進行式」也能改為分詞片語**

去掉進行式的 be 動詞，也能形成分詞片語。

原句：***The woman*** **who is reading a novel** is my friend.

→ ***The woman*** **reading a novel** is my friend. 正在閱讀小說的女子是我朋友。

1. 關代 who 有連接詞功能，所以原句有兩組動詞 is reading 和 is。
2. 刪除關代 who 以後，動詞必須刪除一個，所以去除 is，剩下分詞片語 reading a novel。

另外，即使是平常不會使用進行式的動詞，也有可能形成分詞片語。

原句：***The man*** **who lives in the apartment** is a singer.

→ ***The man*** **living in the apartment** is a singer. 住在公寓裡的男子是一名歌手。

雖然表示「居住」的 live，平常不會用 V-ing，但在分詞片語的用法中，卻可以變成現在分詞 living，因為居住是「主動」的動作。從以上的例子可以知道：無論簡單式或是進行式，都可簡化成「分詞片語」。簡化之後，句子就只有一組動詞。

## 進階跟讀挑戰

慢速分句 29-2A

正常速分句 29-2B

正常速連續 29-2C

1. There is a whisky distillery / **located in Yilan** (宜蘭) / for whisky lovers to visit. // On weekends, / you can see many visitors **getting to know the production process of whisky**. // They are free to taste different kinds of whisky / **made in the distillery.** // There is also an extensive lawn / in front of the distillery, / so visitors with children / can let them run freely / on the grass. // Therefore, / this facility is suitable / for both adults and children.
有一座位於宜蘭的威士忌酒廠可以讓威士忌愛好者造訪。在週末，你會看到許多正在了解威士忌生產過程的訪客。他們可以自由品嚐酒廠生產的不同種類威士忌。酒廠前面也有很大的草坪，所以帶著孩子的訪客可以讓他們盡情地在草地上奔跑。因此，這座設施很適合成人和小孩。

2. Puli (埔里) used to be an important town / for handmade paper production. // During Japanese colonization, / people in Puli produced washi, / a type of traditional Japanese paper. / In 1996, / the owner of a paper factory in Puli / successfully developed a unique kind of handmade paper / **made from shells of water bamboos / and trunks of betel nut trees.** // Nowadays, / a few paper factories / have transformed into tourist spots / **providing guided tours to the public.**
埔里曾經是生產手工紙的重要城鎮。在日本殖民時期，埔里人生產和紙，它是一種傳統的日本紙。1996 年，一間埔里紙廠的老闆成功開發出一種獨特的手工紙，它是由茭白筍外殼和檳榔樹樹幹製成。現今，一些造紙廠已經轉型成觀光景點，為大眾提供導覽服務。

1. whisky [`hwɪskɪ] n. 威士忌 / distillery [dɪ`stɪlərɪ] n. 釀酒廠 / get to know 開始熟悉（某人／某事物）/ free [fri] adj. 自由的，不受拘束的 / extensive [ɪk`stɛnsɪv] adj. 廣闊的
2. handmade [`hænd͵med] adj. 手工製的 / colonization [͵kɑlənɪ`zeʃən] n. 殖民 / washi [`wɑʃi] n. 和紙 / water bamboo 茭白筍 / betel nut 檳榔 / transform [træns`fɔrm] v. 轉變 / guided tour 導覽

# 30 關係副詞

**關係副詞相當於「介系詞 + 關係代名詞 which」**，因此跟關係代名詞一樣，也具有「連接詞」的功能。介系詞有多種可能，比如 in、on、at 等等，要使用哪一個介系詞，會視句子內容決定。

| 關係副詞 | | 介系詞 + which | 表示… |
|---|---|---|---|
| when | = | in/on/at + which | 時間 |
| where | = | in/on/at + which | 地點 |
| why | = | for + which | 原因 |
| how | = | in + which | 方法 |

把關係副詞的句子拆開，就會發現介系詞的位置。

9 p.m. is ***the time*** **when** Paul watches TV. 晚上九點是保羅看電視的時間。

(1) 9 p.m. is ***the time***.

(2) Paul watches TV **at** ***the time***.

→ 關係副詞 when = 介系詞 at + 關代 which。at 表示「在某個時刻」。

This is ***the apartment*** **where** she lived.

這是她住過的公寓。

(1) This is ***the apartment***.

(2) She lived **in** ***the apartment***.

→ 關係副詞 where = 介系詞 in + 關代 which。in 表示「在某個空間裡」。介系詞會隨著句子變化。

I don't know ***the reason*** **why** you like the car. 我不知道你喜歡這部車的原因。

(1) I don't know ***the reason***.

(2) You like the car **for** ***the reason***.

→ 關係副詞 why = 介系詞 for + 關代 which。for (the reason) 表示「為了某個原因、理由」。

We like **how** she solves a problem.

= We like ***the way*** she solves a problem. 我們喜歡她解決問題的方式。

(1) We like ***the way***.

(2) She solves a problem **in *the way***.

→ 請注意 the way 和 how 不能同時並存，只能擇一使用。

in (the way) 表示「以某種方式」。

關係副詞的使用方式，與形容詞子句裡的關係代名詞很類似。想了解更多關係代名詞，可以參閱第 23 單元。

## 跟讀練習

慢速 30-1A

正常速 30-1B

- **when**

10 a.m. is ***the time*** **at which** Amy reads a book.

10 a.m. is ***the time*** **when** Amy reads a book. 早上十點是艾咪看書的時間。

- **when**

Emily remembered ***the day*** **on which** she found the job.

Emily remembered ***the day*** **when** she found the job.

艾蜜莉記得她找到工作的那一天。

- **where**

That is ***the city*** **in which** she met Peter.

That is ***the city*** **where** she met Peter. 那是她遇見彼得的城市。

- **where**

This is ***the chair*** **on which** John often sits.

This is ***the chair*** **where** John often sits. 這張是約翰常坐著的椅子。

- **why**

We don't know ***the reason*** **for which** he is always late.

We don't know ***the reason*** **why** he is always late. 我們不知道他總是遲到的原因。

- **how**

I don't like ***the way*** **in which** he communicates with people.

I don't like **how** he communicates with people.

我不喜歡他和其他人溝通的方式。

# 文法表格解析

・各種關係副詞

| 名詞 | 關係副詞 | 句子 | 中文 |
|---|---|---|---|
| the time | **when** | she plays the piano | 她彈鋼琴的時間 |
| the country | **where** | he met Jane | 他遇見珍的國家 |
| the reason | **why** | she is often late | 她常遲到的原因 |
| (×) | **how** | he gets along with people | 他與人們相處的方式 |
| the way | (×) | | |

# 文法小提醒

### ・「the reason why」有多種表達方式

the reason why 的表達方式非常自由，「the reason」和「why」可併用，也可單獨使用。它不像 the way 和 how，僅能擇一使用。

❶ 同時使用 the reason 和 why

We don't know ***the reason*** **why** she is often late.

❷ 擇一使用 the reason 或 why

We don't know ***the reason*** she is often late. **[只用 the reason]**

We don't know **why** she is often late. **[只用 why]**

❸ 把 why 換成「介系詞 + 關代」

We don't know ***the reason*** **for which** she is often late. **[for which = why]**

## 進階跟讀挑戰

慢速分句 30-2A

正常速分句 30-2B

正常速連續 30-2C

1. The Hanbao (漢寶) Wetlands in Changhua (彰化) / is a clam digging spot. // August is ***the time*** / **when** many tourists collect clams there. // They can dig out lots of clams / during the whole month. // People enjoy digging clams / with their families there / though they don't know / **why** there are so many clams there.
彰化的漢寶濕地是挖蛤蜊的地方。八月是許多遊客會在那裡拾取蛤蜊的時候。在這一整個月，他們可以挖出許多蛤蜊。人們喜歡在那裡和家人一起挖蛤蜊，雖然他們不知道為什麼那裡會有如此多的蛤蜊。

2. Have you ever tried / Yunnan (雲南)-Burmese cuisine / around Qingjing (清境) Farm? // Are you curious / about ***the reason*** / **why** there is Yunnan-Burmese cuisine there? // The first residents of Qingjing Farm, / who moved there in 1949, / were mainly from Yunnan and Myanmar. // They reclaimed wastelands / and planted crops. // Years later, / some of them opened restaurants / in the vicinity of Qingjing, / ***the area*** **where** they live. // Yunnan-Burmese cuisine / is not only a feature of Qingjing / but also a part of Taiwanese history.
你吃過清境農場附近的滇緬料理嗎？你對於那裡為什麼有滇緬料理感到好奇嗎？清淨農場的第一批居民，在 1949 年遷居到那裡，他們主要來自雲南和緬甸。他們開墾荒地，種植作物。多年後，其中有些人在他們所居住的清境農場周遭地區開設餐廳。滇緬料理不僅是清境的特色，也是台灣歷史的一部分。

1. clam [klæm] n. 蛤蜊
2. Burmese [bɝ`miz] adj. 緬甸的 / cuisine [kwɪ`zin] n. 料理 / resident [`rɛzədənt] n. 居民 / Myanmar [`mjænmɑr] n. 緬甸 / reclaim [rɪ`klem] v. 開墾 / wasteland [`west͵lænd] n. 荒地 / crop [krɑp] n. 作物

# 31 複合關係代名詞

**複合關係代名詞 what 相當於「先行詞＋關代」。**什麼是先行詞呢？先行，就是先走，也就是走在關代前面的那個名詞。從下方表格可以看出，「複合關係代名詞」和「關係副詞」的差異。

| 文法 | 字詞 | 相當於… |
|---|---|---|
| 關係代名詞（簡稱「關代」） | that/which/who | — |
| 關係副詞 | when/where/why/how | 介系詞＋關代 |
| 複合關係代名詞 | what | 先行詞＋關代 |

第 23 單元已經介紹過關代構成的「形容詞子句」。接下來，讓我們試著用複合關係代名詞，來改寫形容詞子句。

This is the thing that he wants to eat. (這是他想要吃的東西)

❶ This is the thing.

❷ He wants to eat the thing.

在上面的句子中，that he wants to eat 是形容詞子句，下面則是句子拆開的樣子。因為「複合關係代名詞 what＝先行詞 the thing＋關代 that」，所以可以改寫成：

This is ***what*** he wants to eat.

接下來，我們來看一個 the thing that 放在句首的例子。

***The thing* that** she told us is true. 她告訴我們的事情是真的。

這個句子可以拆成：

(1) ***The thing*** is true.

(2) She told us ***the thing***.

因為「複合關係代名詞 what＝先行詞 the thing＋關代 that」，所以可以改寫成：

***What*** she told us is true.

除了 the thing 以外，先行詞也可能是其它字詞，例如下面例子裡的「the words」：

I believe ***the words* that** <u>they said</u>. 我相信他們說的話。

這個句子可以拆成：

(1) I believe ***the words***.

(2) They said ***the words***.

因為「複合關係代名詞 what = 先行詞 the words + 關代 that」，所以可以改寫成：

I believe ***what*** <u>they said</u>.

關於形容詞子句與關係代名詞，如果不太熟悉，可以參閱第 23 單元。

## 跟讀練習

慢速 31-1A

正常速 31-1B

- **what 在句中**

  This is ***the thing* that** <u>she wants to do</u>.

  This is ***what*** <u>she wants to do</u>. 這是她想做的事情。

- **what 在句中**

  We believe ***the words* that** <u>she said</u>.

  We believe ***what*** <u>she said</u>. 我們相信她說的話。

- **what 在句首**

  ***The thing* that** <u>he told me</u> is true.

  ***What*** <u>he told me</u> is true. 他告訴我的事情是真的。

- **先行詞 all**

  ***All* that** <u>she needs</u> is patience.

  ***What*** <u>she needs</u> is patience. 她所需要的是耐心。

- **先行詞 all**

  ***All* that** <u>he can do</u> is (to) wait.

  ***What*** <u>he can do</u> is (to) wait. 他所能做的就是等待。

- **先行詞 all**

  ***All* that** <u>you must do</u> is (to) enjoy your life.

  ***What*** <u>you must do</u> is (to) enjoy your life. 你一定要做的就是享受人生。

最後兩組是特定句型，此句型可省略 to

（All that/What + 人 + 助動詞 + do + be 動詞 + (to) 原形動詞）

## 文法表格解析

・複合關係代名詞 what 在句中

| 句子 | 複合關係代名詞 + 句子 | 中文 |
|---|---|---|
| This is | ***what*** **he plans to do**. | 這是他打算做的事。 |
| We believe | ***what*** **she said**. | 我們相信她所說的話。 |

・複合關係代名詞 what 在句首

| 複合關係代名詞 + 句子 | 句子 | 中文 |
|---|---|---|
| ***What*** **we need** | is time. | 我們所需要的，是時間。 |
| ***What*** **she told me** | is true. | 她之前告訴我的，是真的。 |

## 文法小提醒

・複合關代 what 前面，不可有先行詞

讓我們再複習一下「先行詞」的概念。先行，是「先走」的意思。走在哪裡呢？走在關代前面，所以稱作「先行詞」。下面句子裡的 the thing，就是先行詞。

This is ***the thing*** **that** he plans to do. 這是他打算做的事。

我們可以把 the thing that 合併，寫成 what：

This is ***what*** he plans to do. 這是他打算做的事。
(= the thing that)

再次提醒，what 已經包含先行詞的概念，所以不用寫出 the thing 哦！
This is ~~***the thing***~~ ***what*** he plans to do.

# 進階跟讀挑戰

慢速分句 31-2A　正常速分句 31-2B　正常速連續 31-2C

1. When it comes to Taitung (台東), / people think of the sea. // Many years ago, however, / mountains would be / ***what*** most people thought of. // In 1926, / the Japanese planted hundreds of medicinal herbs / in the mountains / near Zhiben (知本) Hot Springs, / including cinchona trees, / which were used to treat malaria. // Today, / people have gradually forgotten the medicinal herbs in Taitung. / ***What*** they prefer to do there / is to visit the sea.
   一說到台東，人們就想到大海。然而，許多年前，大部分人想到的會是山。1926 年，日本人在知本溫泉附近的山上種植數百種藥材，包括用來治療瘧疾的金雞納樹。現今，人們已經逐漸忘記台東的藥草。人們在那裡比較喜歡做的事情，是到訪大海。

2. On summer days, / ***what*** people want to drink / is fresh juice. // In the past, / however, / it was not readily available anytime, / anywhere. // Fortunately, / the modern food industry has solved this problem. // In juice factories, / fresh fruit is automatically washed / and squeezed into juice, / which is later sterilized, / bottled, / and delivered to stores everywhere. // Therefore, / we can now easily buy bottled juice / and be assured / that ***what*** is inside the container / is fresh and clean.
   在夏日，人們想要喝的是新鮮果汁。然而在過去，它並不是隨時隨地可以輕易取得。幸好，現代食品工業已經解決了這個問題。在果汁工廠裡，新鮮水果被自動清洗並搾成汁，而果汁之後經過消毒、裝瓶，並且被運送到各地的商店。所以，我們現在可以輕易買到瓶裝果汁，並且確定容器裡裝的東西既新鮮又乾淨。

1. medicinal [məˋdɪsɪnl] adj. 藥用的 / herb [ɝb] n. 草本植物 / hot spring 溫泉 / cinchona [sɪŋˋkonə] n. 金雞納（樹）/ malaria [məˋlɛrɪə] n. 瘧疾
2. automatically [ˏɔtəˋmætɪkəlɪ] adv. 自動地 / squeeze [skwiz] v. 擠壓 / sterilize [ˋstɛrəˏlaɪz] v. 消毒 / deliver [dɪˋlɪvɚ] v. 運送 / be assured 放心，確定 / container [kənˋtenɚ] n. 容器

# 32 another/other 的用法

another 和 other 看起來很像，其實不一樣哦！

| 詞彙 | 中文意思 | 用法 | 單複數 |
|---|---|---|---|
| another | 另一個 | 許多中的「一個」，所以有選擇性 | 必為單數 |
| other | 其他 | 有限定範圍加 the，複數再加上 s | (the) other<br>(the) others |

another/other 的用法，區分成「有限定範圍」、「無限定範圍」兩種。

## ❶ 有限定範圍

### ‧只有兩個對象：one 和 the other

**One** of my parents is a musician,
and **the other** is a journalist.
我父母其中一位是音樂家，另一位是記者。

→ another：不使用，因為兩個人排除了其中一個，只剩下一個，沒有選擇性。
→ other：剩下的人用 other，因為有限定範圍（在這兩個人之中），因此加 the。

### ‧有三個對象：one、another 和 the other

Mr. Lin has three daughters.
**One** is a doctor, **another** is an artist,
and **the other** is a scientist.
林先生有三個女兒。一位是醫生，一位是藝術家，還有一位是科學家。

→ another：剩兩個人，也許是 artist，又或許是 scientist，有選擇性，所以用 another。
→ other：剩下的人用 other，因為有限定範圍（在這三個人之中），因此加 the。

・**多個群體的複數：some、some 和 the others**

Thirty students are in the classroom.
**Some** are from America,
**some** from Canada,
and **the others** from Spain.
三十名學生在教室裡。一些來自美國，一些來自加拿大，其餘來自西班牙。

some
some
the others

→ another：不使用，因為這三組都是「一群人」，而 another 只能表示單數。

→ other：剩下的人用 other，因為是複數，所以加 s；有限定範圍（在這三十個人之中），因此加 the。
（some、some 和 the others，也可換成 some、others 和 the others。重點在於最後一組，一定是「the others」。）

## ❷ 無限定範圍

・**多個群體的複數：**
**some、others 和 still others**

People have their hobbies.
**Some** like fishing,
**others** like shopping,
and **still others** love hiking.
人們有自己的嗜好。有些人喜歡釣魚，有些人喜歡購物，還有些人喜歡健行。

→ another：不使用，因為這三組都是「一群人」，而 another 只能表示單數。

→ other：因為是複數，所以 other 加 s。不加 the，是因為沒有限定人的範圍，這裡只舉三群人的愛好當例子，除了這些人以外，也會有其他人喜歡別的活動。最後一組人加上 still，在這裡是「還有…」的意思。
（some、others 和 still others，也可換成 some、some 和 still some。重點在於：「others 不加 the」，因為沒有限定範圍！）

another 和 other 是初級和中級文法都很常用的觀念，初級以「單個」為主，也就是前兩個例句；中級則以「群體」為主，也就是後兩個例句。

## 跟讀練習

慢速 32-1A　正常速 32-1B



- **有限定範圍：one、the other**

  I have two sisters.

  **One** is a nurse, and **the other** is a teacher.

  我有兩個妹妹。一位是護士，另外一位是老師。

- **有限定範圍：one、the others**

  Steve has four pets.

  **One** is a bird, and **the others** are rabbits.

  史帝夫有四隻寵物。一隻是鳥，其他都是兔子。

- **有限定範圍：one、another、the other**

  Mr. Lin has three sons.

  **One** is a singer, **another** is a writer, and **the other** is a vet.

  林先生有三個兒子。一位是歌手，另一位是作家，還有一位是獸醫。

- **有限定範圍：some、some、the others**

  Fifty students are in the classroom.

  **Some** come from America, **some** from Canada, and **the others** from Taiwan.

  五十位學生在教室裡。有些來自美國，有些來自加拿大，其他人來自台灣。

- **無限定範圍：some、others、still others**

  There are many ways to learn music.

  **Some** listen to music, **others** sing songs, and **still others** take a course.

  學音樂有很多方式。有些人聽音樂，有些人唱歌，還有些人去上課。

- **無限定範圍：some、others、still others**

  People have different hobbies.

  **Some** enjoy cooking, **others** love swimming, and **still others** like reading.

  人們有不同的嗜好。有些人喜愛烹飪，有些人熱愛游泳，還有些人喜歡閱讀。

## 文法表格解析

・有限定範圍：單個

| 第一個 | 第二個 | 第三個 |
| --- | --- | --- |
| **One** is a nurse, | and **the other** is a clerk. | |
| 一位是護士， | 另一位是店員。 | |
| **One** is a singer, | **another** is a nurse, | and **the other** is a vet. |
| 一位是歌手， | 另一位是護士， | 還有一位是獸醫。 |

・有限定範圍：群體

| 第一組 | 第二組 | 第三組 |
| --- | --- | --- |
| **Some** read books, | and **the others** listen to music. | |
| 有些人看書， | 其餘的人聽音樂。 | |
| **Some** like cooking, | **some** love reading, | and **the others** enjoy singing. |
| 有些人喜歡烹飪， | 有些人喜愛閱讀， | 其餘的人享受唱歌。 |

## 文法小提醒

・**other 和 another 可當「代名詞」，也可當「形容詞」**

❶ 當「代名詞」

Some read books, and the **others** listen to music.

→ 這個 the others，相當於 the other people（其他的人），因此是代名詞，且為複數。

One is a singer, **another** is a nurse, and the other is a vet.

→ 這個 another 也是代名詞，所以可以當主詞。

❷ 當「形容詞」

I see **other** people. 我看到其他人。

→ 形容詞「other（其他的）」，修飾名詞 people。

He drank **another** cup of coffee. 他又喝了一杯咖啡。

→ 這個 another 是形容詞，意思是「又一，再一」，修飾名詞 cup。

## 進階跟讀挑戰

慢速分句 32-2A

正常速分句 32-2B

正常速連續 32-2C

1. There is a shelter for wild animals / called Pingtung (屏東) Rescue Center. // There are many kinds of animals / in the center. // **Some** are wild animals in Taiwan. // **The others** are illegally imported animals. // A few of the animals had been abused / before they were sent to the shelter. // They are physically and mentally hurt. // Luckily, / the vets and **other** shelter staff / take good care of them. // If you want to know more about the shelter / and the animals there, // you can call to reserve a guided tour.
有一間叫做屏東救援中心的野生動物收容所。中心有許多種動物。有些是台灣本土野生動物。其他則是非法進口的動物。其中一些動物，在被送到救援中心之前，曾經被虐待。牠們的身體和心理都受了傷。幸運的是，獸醫和其他收容所人員把牠們照顧得很好。如果你想更了解這間收容所和那裡的動物，可以打電話預約導覽行程。

2. Tainan (台南) City Zuojhen (左鎮) Fossil Park / is the first fossil museum in Taiwan. // In addition to small-sized fossils, / visitors can also see the bones of ancient elephants / in the museum. // **Some** fossils are collected in Taiwan, / and **some** are found in waters around Taiwan. // **The others** are obtained from abroad. // Fossils take us back to the past / and help us learn more / about the Earth at that time.
台南左鎮化石園區是台灣第一座化石博物館。除了小型化石，參訪者還可以在博物館看到古代大象的骨頭。有些化石是在台灣蒐集到的，有些是在台灣附近海域發現的。其它化石則從國外獲得。化石帶我們回到過去，並且幫助我們更了解當時的地球。

1. shelter [ˋʃɛltɚ] n. 動物收容所 / illegally [ɪˋligəlɪ] adv. 非法地 / import [ɪmˋport] v. 進口 / abuse [əˋbjus] v. 虐待 / physically [ˋfɪzɪkəlɪ] adv. 身體上 / mentally [ˋmɛntəlɪ] adv. 心理上
2. fossil [ˋfɑsl] n. 化石 / ancient [ˋenʃənt] adj. 古代的

# 33 可能成真的 if 條件子句

**「if（如果）」講的是一種條件**。例如：如果明天是好天氣，我將去釣魚。「明天好天氣」就是一個條件。如果「好天氣」這個條件成立，我才會去釣魚，而「明天好天氣」是有可能發生的。**這種「未來有可能發生」的情況，會使用下面的句型。**

| If + 主詞 + 現在式動詞～, | 主詞 + **will/can/may** + 原形動詞 |
| --- | --- |
| | 祈使句 |

句型的特殊點在於：無論 be 動詞或一般動詞，if 那一邊都使用「現在式」。

### ❶ be 動詞

If it **is** fine tomorrow, I ***will go*** fishing.
= I ***will go*** fishing if it **is** fine tomorrow.
如果明天是好天氣，我將去釣魚。
→ 明天有可能是好天氣，符合「未來有可能發生」的情況。

### ❷ 一般動詞

If she **wins** the baseball game, I ***will give*** her a watch.
= I ***will give*** her a watch if she **wins** the baseball game.
如果她棒球比賽贏了，我將給她一只手錶。
→ 她有可能贏得球賽，符合「未來有可能發生」的情況。

If he **likes** the toy, his uncle ***will buy*** it.
= His uncle ***will buy*** the toy if he **likes** it.
如果他喜歡這個玩具，他叔叔將會買下它。
→ 他有可能喜歡這個玩具，符合「未來有可能發生」的情況。

If you **stay** home, ***take*** care of your sister.
如果你待在家，照顧好你妹妹。

→ 祈使句省略主詞 you，形成原形動詞 take 開頭的句子（原本是 you take care of your sister）。

這個單元的 if，專門用在「未來有可能發生」的事情上。接下來兩個單元，也使用 if，但使用情境不同。翻到下個單元，我們繼續了解它們囉！

## 跟讀練習

慢速 33-1A

正常速 33-1B

- **be 動詞**

  It may be fine tomorrow. 明天可能天氣好。

  If it **is** fine tomorrow, I ***will go*** swimming.

  如果明天天氣好，我將去游泳。

- **be 動詞**

  The weather may be good tomorrow. 明天可能是好天氣。

  If the weather **is** good tomorrow, we ***will go*** mountain climbing.

  如果明天是好天氣，我們將去登山。

- **一般動詞**

  She may like the robot. 她可能喜歡這個機器人。

  If she **likes** the robot, her father ***will buy*** it.

  如果她喜歡這個機器人，她父親將會買下它。

- **一般動詞**

  They may work hard. 他們可能努力工作。

  If they **work** hard, the company ***will pay*** better salaries.

  如果他們努力工作，公司將付更好的薪水。

- **接祈使句**

  You may travel abroad. 你可能到海外旅遊。

  If you **travel** abroad, ***take*** some pictures.

  如果你到海外旅遊，要拍些照片。

- **接祈使句**

  You may clean the house. 你可能打掃屋子。

  If you **clean** the house, ***wash*** the windows.

  如果你打掃屋子，要把窗戶洗一洗。

## 文法表格解析

・if 子句：現在式 be 動詞

| if + 句子 1 | 句子 2 | 中文 |
| --- | --- | --- |
| If it **is** fine tomorrow, | I ***will go*** shopping. | 如果明天是好天氣，我將去購物。 |
| If the weather **is** good, | we ***will go*** out. | 如果天氣好，我們將會外出。 |

・if 子句：現在式一般動詞

| if + 句子 1 | 句子 2 | 中文 |
| --- | --- | --- |
| If he **likes** the toy, | his father ***will buy*** it. | 如果他喜歡這玩具，他爸將買下它。 |
| If she **studies** hard, | she ***will pass*** the exam. | 如果她用功唸書，她將會通過考試。 |

・主要子句使用助動詞

| if + 句子 1 | 句子 2 | 中文 |
| --- | --- | --- |
| If I **wake** up early, | I ***may go*** fishing. | 如果我早起，我可能會去釣魚。 |
| If Amy **goes** to Japan, | she ***will eat*** sushi. | 如果艾咪去日本，她將會吃壽司。 |

・主要子句是祈使句

| if + 句子 1 | 句子 2 | 中文 |
| --- | --- | --- |
| If you **take** a trip, | ***take*** some pictures. | 如果你去旅行，拍些照片。 |
| If you **stay** home, | ***clean*** the house. | 如果你待在家，把屋子打掃一下。 |

## 文法小提醒

・**祈使句，省略了 you**

祈使句，又稱命令句，語氣較強烈，適合用在「上對下」的關係，比如：父母對孩子、主管對人員。且因為說話對象就在眼前，直接和對方講話就好，因此把 you 省略掉。

If you stay home, **clean** the house. 如果你待在家，把屋子打掃一下。

→ 原本是 If you stay home, **(you) clean** the house.

# 進階跟讀挑戰

慢速分句 33-2A　正常速分句 33-2B　正常速連續 33-2C

1. If you **are** interested in art, / you ***will love*** the Pier-2 Art Center / in Kaohsiung (高雄). // Exhibitions are held regularly. // For example, / an illustration exhibition / is currently on view there. // In the exhibition, / visitors will see a clip / about the relation // between artwork and NFT. / Besides increasing public awareness of art, / this exhibition can also help artists / get the latest information / about the art industry. // If you **pay** a visit, / you ***will*** surely ***enjoy*** / what you see there.
   如果你對藝術感興趣，你會愛上高雄駁二藝術特區。展覽定期舉辦。舉例來說，那裡現在正在舉行一個插畫展。在展覽中，參訪者會看到一個關於插圖與非同質化代幣（NFT）之間關係的短片。除了增進一般大眾對藝術的認識以外，這場展覽也能幫助藝術家取得關於藝術界的最新資訊。如果你去拜訪，你一定會喜歡你在那裡所看到的。

2. If you **want** to see wild animals, / Tefuye (特富野) ***may be*** a terrific place. // Tefuye is adjacent / to Alishan (阿里山) National Forest Recreation Area. // Most people go there / to hike the Tefuye ancient trail, / but they can experience more than just hiking there. // They may see yellow-throated martens, / Swinhoe's pheasants, / and mikado pheasants on the way. // If you **encounter** wild animals, / however, / you ***should not feed*** them.
   如果你想看野生動物，特富野可能是個很棒的地方。特富野鄰近阿里山國家森林遊樂區。大部分人去那裡是去特富野古道健行，但他們在那裡可以體驗到的不止是健行。他們在路上可能會看到黃喉貂、藍腹鷴和帝雉。不過，如果你遇到野生動物，不應該餵食牠們。

1. pier [pɪr] n. 碼頭 / illustration [ɪˏlʌs`treʃən] n. 插畫 / on view 在展出 / NFT (Non-Fungible Token) n. 非同質化代幣 / awareness [ə`wɛrnɪs] n.（對某議題的）意識，認識 / pay a visit（短時間）拜訪
2. adjacent [ə`dʒesənt] adj. 鄰近的 / recreation [ˏrɛkrɪ`eʃən] n. 娛樂 / trail [trel] n.（山間）小道 / marten [`mɑrtɪn] n. 貂 / pheasant [`fɛzənt] n. 雉，野生雞類 / encounter [ɪn`kaʊntɚ] v. 偶然遇到

# 34 假設語氣：與現在事實相反

**與現在事實相反，也就是說：「不是真的」。**例如：假如我是一頭獅子，我會在草地上奔跑。我當然不是獅子囉！

因為說的不是真的，所以要接受處罰，處罰方式是在時間線上，往更早的時間移動一格，因此**與現在事實相反，必須使用「過去式」**。此外要特別注意：**be 動詞一律使用 were**。請見下方句型：

| If + 主詞 + **were**/**過去式動詞** ~ , | 主詞 + **would/could/might** + 原形動詞 ~. |
|---|---|

## ❶ be 動詞

If I **were** a lion, I ***would run*** on the grass.

= I ***would run*** on the grass if I **were** a lion.

假如我是獅子，我會在草地上奔跑。

→ 事實上，我不是獅子。此句型的 be 動詞，一律使用 were。

If Lisa **were** here, she ***might help*** us.

= Lisa ***might help*** us if she **were** here.

假如麗莎現在在這裡，她可能會幫助我們。

→ 事實上，她現在不在這裡。此句型的 be 動詞，一律使用 were。

## ❷ 一般動詞

If he **had** money, he ***would buy*** a new car.

= He ***would buy*** a new car if he **had** money.

假如他有錢，他就會買一部新車。

→ 事實上，他現在沒錢。

If I **knew** the truth, I ***would tell*** her.

= I ***would tell*** her if I **knew** the truth.

假如我知道真相，我會告訴她。

→ 事實上，我不知道真相。

由以上例句得知，與現在事實相反要使用「過去式」。原本有助動詞的那一邊，動詞也應該使用過去式，但因為遇到助動詞，所以一般動詞只需改回原形。用這樣的方式來理解句型，就不用左、右各背一種動詞狀態了。

## 跟讀練習

慢速 34-1A

正常速 34-1B

· **be 動詞**

I am not a frog. 我不是青蛙。

If I **were** a frog, I ***would jump*** into the pond.

假如我是青蛙，我會跳進池塘裡。

· **be 動詞**

She is not a doctor. 她不是醫生。

If she **were** a doctor, she ***could save*** the man.

假如她是醫生，她就能救這位男子。

· **一般動詞**

She doesn't have money. 她沒有錢。

If she **had** money, she ***would travel*** the world.

假如她有錢，她就會環遊世界。

· **一般動詞**

I don't see Jimmy. 我沒有看到吉米。

If I **saw** Jimmy, I ***would tell*** him the story.

假如我看到吉米，我會告訴他這個故事。

· **一般動詞**

He doesn't have more time. 他沒有更多時間。

If he **had** more time, he ***would learn*** Spanish.

假如他有更多時間，他就會學西班牙語。

· **一般動詞**

She doesn't live in my city. 她不是住在我的城市。

If she **lived** in my city, I ***could see*** her every week.

假如她住在我的城市，我就能每週見到她了。

## 文法表格解析

### ・if 子句：過去式 be 動詞

| if + 句子 1 | 句子 2 |
| --- | --- |
| If she **were** a vet, | she ***could save*** the dog. |
| 假如她是獸醫， | 她就能救這隻狗了。 |
| If I **were** a cat, | I ***would jump*** up onto the table. |
| 假如我是貓， | 我就會跳到桌上。 |

### ・if 子句：過去式一般動詞

| if + 句子 1 | 句子 2 |
| --- | --- |
| If she **had** more time, | she ***would go*** to the gym. |
| 假如她有更多時間， | 她就會去健身房了。 |
| If he **lived** here, | he ***might visit*** us every week. |
| 假如他住在這裡， | 他就有可能每週拜訪我們。 |

## 文法小提醒

### ・與現在事實相反，使用「過去式助動詞」

本單元句型中使用的助動詞 would/might/could，其實是 will/may/can 的過去式。

| 句型 | if 子句 | 主要子句 |
| --- | --- | --- |
| 可能成真 | If the weather is good, | I **will** go shopping. |
| | If she finishes her report, | she **may** see a movie. |
| | If they get up early, | they **can** drive farther.<br>（drive farther：開車開得更遠） |
| 與現在事實相反 | If I were a cat, | I **would** jump up onto the table. |
| | If Amy were here, | she **might** buy the bag. |
| | If they had money, | they **could** help poor people. |

1. 可能成真，會使用**現在式**助動詞：**will/may/can**
2. 與現在事實相反，必須使用過去式助動詞：**would/might/could**

# 進階跟讀挑戰

慢速分句 34-2A　正常速分句 34-2B　正常速連續 34-2C

1. Penghu (澎湖) is famous / for its neritic squid rice noodles. // Full of neritic squid, / this cuisine can satisfy the pickiest customers. / Most people order oysters as well. // In addition, / a few restaurants serve grilled conches. // If I **were** in Penghu, / I ***would eat*** neritic squid rice noodles. // What ***would*** you ***do*** / if you **were** in Penghu?
澎湖以小管米粉聞名。這道佳餚有滿滿的小管，能夠滿足最挑剔的顧客。大部分的人也會點牡蠣。此外，一些餐廳供應烤海螺。假如我在澎湖，我會吃小管米粉。假如你在澎湖，你會做什麼呢？

2. There is a chocolate store in Nantou (南投). // In front of the store / is a giant nutcracker. // Many tourists would stand beside it / and take pictures. // Besides chocolate, / the store also sells ice cream. // Its ice cream comes in many irresistible flavors, / such as sesame and passion fruit. // Tourists can eat ice cream / or share a box of chocolates / with their friends. // If I **were** in Nantou, / I ***would go*** to the store / for a scoop of ice cream. // If you **were** in Nantou, / what ***would*** you ***do***?
南投有一家巧克力店。商店前面有一個巨大的胡桃鉗。許多遊客會站在它旁邊拍照。除了巧克力，商店也賣冰淇淋。它的冰淇淋有很多種令人難以抗拒的口味，比如芝麻和百香果。遊客可以吃冰淇淋，或者和他們的朋友分享一盒巧克力。假如我在南投，我就會去這家店吃一球冰淇淋。假如你在南投，你會做什麼呢？

1. neritic [nɪˋrɪtɪk] adj. 淺海的 / squid [skwɪd] n. 烏賊 / rice noodles 米粉 / cuisine [kwɪˋzin] n. 佳餚 / picky [ˋpɪkɪ] adj. 挑剔的 / oyster [ˋɔɪstɚ] n. 牡蠣 / grill [grɪl] v. 火烤 / conch [kɑŋk] n. 海螺
2. giant [ˋdʒaɪənt] adj. 巨大的 / nutcracker [ˋnʌtˏkrækɚ] n. 胡桃鉗 / irresistible [ˏɪrɪˋzɪstəbl̩] adj. 難以抗拒的 / sesame [ˋsɛsəmɪ] n. 芝麻 / passion fruit 百香果

# 35 假設語氣：與過去事實相反

**與過去事實相反，也就是說：「對過去的假設不是真的」。**例如：假如我「那時」很富有，我就會環遊世界。但事實上，我那時並不有錢。因為說的話是假的，所以要接受處罰，處罰方式是在時間線上，往更早的時間移動一格，因此**與過去事實相反，必須使用「更過去」的時間，也就是「過去完成式」**。

| If + 主詞 + **had** + 過去分詞 ~, | 主詞 + **would/could/might** + **have** + 過去分詞 ~. |
| --- | --- |

### ❶ be 動詞

If I **had been** rich, I ***would have traveled*** around the world.

= I ***would have traveled*** around the world if I **had been** rich.

假如我那時很富有，我就會環遊世界了。

→ 事實上，我那時並不富有。been 是 be 動詞的過去分詞。

### ❷ 一般動詞

If I **had seen** her, I ***would have asked*** her the question.

= I ***would have asked*** her the question if I **had seen** her.

假如我那時看到她，我就會問她那個問題了。

→ 事實上，我那時沒有看到她。

If you **had helped** us, we ***might have succeeded***.

= We ***might have succeeded*** if you **had helped** us.

假如你那時幫助我們，我們可能就成功了。

→ 事實上，你那時沒有幫我們。

If she **had taken** my advice, she ***could have saved*** a lot of money.

= She ***could have saved*** a lot of money if she **had taken** my advice.

假如她那時接受我的忠告，她就能省下許多錢了。

→ 事實上，她那時沒有接受忠告。

If he **had had** time, he ***would have joined*** a gym.

= He ***would have joined*** a gym if he **had had** time.

假如他那時有時間，他就會加入健身房了。

→ 事實上，他那時沒有時間。

原本左右兩側，都要使用「had + 過去分詞」，但由於使用了助動詞，使得後面的 had 必須改回原形 have。

慢速 35-1A

正常速 35-1B

## 跟讀練習

- **be 動詞**

He wasn't rich. 他那時不富有。

If he **had been** rich, he ***would have bought*** the coffee shop.

假如他那時很富有，他就會買下這間咖啡店了。

- **be 動詞**

She wasn't careful. 她那時不小心。

If she **had been** more careful, she ***would have got*** a driver's license.

假如她那時更小心，她就會取得駕照了。

- **一般動詞**

He didn't tell the truth. 他那時沒有說實話。

If he **had told** the truth, he ***would have got*** the job.

假如他那時說實話，他就會得到那份工作了。

- **一般動詞**

We didn't arrive early. 我們那時沒有早點抵達。

If we **had arrived** early, we ***might have met*** our uncle.

假如我們那時早點抵達，我們可能就會見到叔叔了。

- **一般動詞**

She didn't work hard. 她那時沒有努力工作。

If she **had worked** hard, she ***could have owned*** a company.

假如她那時努力工作，她就能擁有一間公司了。

# 文法表格解析

・if 子句：過去完成式 be 動詞

| if + 句子 1 | 句子 2 |
|---|---|
| If I **had been** brave, | I ***would have traveled*** the world. |
| 假如我那時夠勇敢， | 我就會環遊世界了。 |
| If he **had been** cautious, | he ***could have made*** a fortune. |
| 假如他那時小心謹慎的話， | 他就能變有錢了。 |

・if 子句：過去完成式一般動詞

| if + 句子 1 | 句子 2 |
|---|---|
| If I **had arrived** early, | I ***might have met*** my uncle. |
| 假如我那時早點到， | 我可能就見到叔叔了。 |
| If she **had heard** the news, | she ***would have called*** me. |
| 假如她那時聽到這則消息， | 她就會打電話給我了。 |

# 文法小提醒

**・與過去事實相反，使用「過去式助動詞」**

總結來說，與事實相反，無論是現在，還是過去，都使用「過去式助動詞」。

| 句型 | if 子句 | 主要子句 |
|---|---|---|
| 可能成真 | If the weather is good, | I **will** go shopping. |
| | If she finishes her report, | she **may** see a movie. |
| | If they get up early, | they **can** drive farther. |
| 與現在事實相反 | If I were a cat, | I **would** jump up onto the table. |
| | If Amy were here, | she **might** buy the bag. |
| | If they had money, | they **could** help poor people. |
| 與過去事實相反 | If I had been more careful, | I **would** have won the ball game. |
| | If they had studied hard, | they **might** have passed the exam. |
| | If he had taken my advice, | he **could** have earned a fortune. |

# 進階跟讀挑戰

慢速分句 35-2A　正常速分句 35-2B　正常速連續 35-2C

1. The Old City of Zuoying (左營) in Kaohsiung (高雄) / has the best-preserved defensive wall. // It was built in 1826. // There were four gates in total, / including the north gate, / the east gate, / the south gate, / and the west gate. // However, / the west gate is no longer present now. // In the past, / people walked through the east gate / when they went to cultivate crops / in Aozaidi (凹仔底). // If they **had had** bicycles, / they ***would have reached*** farmland faster.
高雄的左營舊城擁有保存最完整的防禦城牆。它建造於 1826 年。當時總共有四座城門，包括北門、東門、南門和西門。然而，西門現今已經不存在了。在過去，人們去凹仔底種植作物時，會走過東門。如果他們當時有腳踏車的話，他們會更快到達農田。

2. Qingxiu (慶修) Temple, / which was built in 1917, / is a Japanese-style temple in Hualien (花蓮). // There are eighty-eight Buddhist statues / in this temple. // It is said / that these Buddhist statues / are from different temples in Japan. // At that time, / many Japanese lived in Hualien. // They often went to the temple / because it reminded them of their hometown. // If they **had been** able to go back to Japan frequently, / they ***might not have been*** so homesick.
建於 1917 年的慶修院，是花蓮的一座日式寺廟。這座寺廟有八十八尊佛像。據說這些佛像來自日本不同間寺廟。當時許多日本人住在花蓮。他們常常到慶修院，因為那裡讓他們想起了故鄉。如果他們能經常回到日本，可能就不會這麼想念家鄉了。



1. preserve [prɪ`zɝv] v. 保存 / defensive [dɪ`fɛnsɪv] adj. 防禦的 / present [`prɛzn̩t] adj. 存在的 / cultivate [`kʌltə͵vet] v. 耕種 / crop [krɑp] n. 作物 / farmland [`fɑrm͵lænd] n. 農田
2. Buddhist [`bʊdɪst] adj. 佛教的 / hometown [`hom`taʊn] n. 故鄉 / homesick [`hom͵sɪk] adj. 想念家鄉的

# 36 含有 to 的不定詞和片語介系詞

不定詞和片語介系詞的 to，後面接的動詞狀態不同。一個是接「原形動詞」，另一個則是接「V-ing 或名詞」。

## ❶ 不定詞

在開始講介系詞 to 之前，我們先說明「不定詞」，也就是「to + 原形動詞」。例如下面的兩個句子：

I want **to visit** my friend. 我想要拜訪我朋友。

→ 這個 to 隔開 want 和 visit，兩個動詞才不會撞在一起出車禍。大部分的 to 都是這種不定詞用法，特別是初級文法階段，遇到的幾乎都是這種。

**To be** a dancer is her dream. 成為一名舞者是她的夢想。

→ 可以把「to be a dancer（成為一名舞者）」當成是一件事情，事情是名詞。動詞是 is。句子使用 to + 原形動詞，也就是「不定詞」。

## ❷ 片語介系詞

到了中級文法，會遇到含有 to 的片語介系詞。所謂片語，是指兩個單字以上的組合。而片語介系詞，就是這個片語**當成「介系詞」使用，後面必須接 V-ing 或名詞**。我們來看下方的句子：

In addition **to** **writing** novels, I enjoy mountain climbing.
除了寫小說以外，我還喜愛登山。

→「in addition to（除了…以外）」是片語介系詞，因此使用 writing。

The flight was delayed owing to **heavy fog**.

= The flight was delayed due to **heavy fog**.

由於濃霧，這架班機被延誤了。

→ 主詞是 the flight，動詞是 was。delayed 是過去分詞，分詞是形容詞。owing to 和 due to 是片語介系詞，後面接 V-ing 或名詞。它們也可以和 because of 互換，下個單元會介紹 because of。

**・to 的用法整理**

| 名稱 | 用法 | 說明 |
|---|---|---|
| 不定詞 | to + 原形動詞 | 大部分 to 都屬於此類，不要背 |
| 片語介系詞 | to + V-ing/N. | 僅有少部分屬於此類，記住它們 |

總結來說，含有 to 的片語介系詞很稀少，但卻很常用，因此可以直接記憶。下個單元，我們要介紹可以和 due to 互換的片語介系詞，待會見囉！

## 跟讀練習

慢速 36-1A

正常速 36-1B

**・in addition to**

I enjoy swimming, and I also enjoy reading books. 我喜愛游泳，也喜愛看書。

In addition to **swimming**, I enjoy reading books. 除了游泳以外，我還喜愛看書。

**・in addition to**

I enjoy drinking tea, and I also enjoy eating hamburgers.

我喜愛喝茶，也喜愛吃漢堡。

In addition to **drinking** tea, I enjoy eating hamburgers.

除了喝茶以外，我還喜愛吃漢堡。

**・owing to**

He is absent because he has a leg injury. 因為他有腿傷，所以他缺席。

He is absent owing to **a leg injury**. 由於腿傷，所以他缺席。

**・due to**

He watches TV because he is bored. 因為他感到無聊，所以他看電視。

He watches TV due to **boredom**. 由於無聊，所以他看電視。

## 文法表格解析

・不定詞：to 隔開兩個動詞

| 動詞一 | 動詞二 | 中文 |
| --- | --- | --- |
| I like | **to go** fishing. | 我喜歡釣魚。 |
| I want | **to help** poor people. | 我想幫助貧困的人。 |

・不定詞：當主詞

| 主詞 | 動詞… | 中文 |
| --- | --- | --- |
| To **travel** across Europe | is his dream. | 橫跨歐洲旅遊，是他的夢想。 |
| To **attend** university | is her goal. | 上大學，是她的目標。 |

## 文法小提醒

**・不定詞，最常用來「隔開兩組動詞」**

不定詞有許多功能，包括當主詞、當受詞、當主詞補語、當受詞補語等等，無論是哪一種，都可以直接理解成「隔開兩組動詞」。

I like **to** go fishing. **[to 隔開兩個動詞]**

→ like 和 go 都是動詞，to 隔開兩組動詞，使動詞不會撞在一起出車禍。

**To travel across Europe** is his dream. **[當主詞]**

→「to travel across Europe（橫跨歐洲旅遊）」這件事情，是主詞，而動詞是 is。因為不定詞在句首當主詞，所以 to 並不是放在動詞 travel 和 is 之間，但仍可理解為 to 隔開兩組動詞。

# 進階跟讀挑戰

慢速分句 36-2A　正常速分句 36-2B　正常速連續 36-2C

1. People who like Cantonese cuisine / will love this restaurant in Kaohsiung (高雄). // The restaurant serves dim sum, / such as shumai and dumplings. / As for meat, / customers can order a plate of roast suckling pig / or crisp roast duck. // In addition to **delicious food**, / the prices are reasonable. // If you want **to have** dinner with your friends, / this restaurant will be an ideal place.
喜歡廣式料理的人，會喜歡這間在高雄的餐廳。這間餐廳供應港式點心，比如燒賣和餃類。至於肉類，客人可以點一盤烤乳豬或脆皮烤鴨。除了美味食物以外，價格也很合理。如果你想和朋友吃晚餐，這間餐廳將是理想地點。

2. There is a waterfall in Yilan (宜蘭). // It merely takes ten minutes / to walk from the start of the trail / to the waterfall. // The stream is clean. // If you put your feet in the stream, / small fish will get close. // There are also some monkeys / living in the mountains / near the waterfall. // Due to **the popularity of that place**, / the monkeys have learned / to steal food from tourists. // If you do not want **to be** attacked by them, // you had better keep food / inside your backpack.
宜蘭有個瀑布。從步道的起點走到瀑布，只需要十分鐘。溪水很乾淨。如果你把腳放到溪水中，小魚會靠過來。瀑布附近的山裡也住著一些猴子。由於那個地方很受歡迎，所以猴子學會了從遊客那邊偷取食物。如果你不想被牠們攻擊，你最好把食物放在背包裡。

1. Cantonese [ˌkæntə`niz] adj. 廣東的 / dim sum [dɪm`sʌm] n. 港式點心 / shumai [`ʃumaɪ] n. 燒賣 / dumpling [`dʌmplɪŋ] n. 餃子 / roast [rost] adj. 烘烤的 / suckling [`sʌklɪŋ] adj. 尚未斷奶的 / crisp [krɪsp] adj. 脆的 / reasonable [`riznəbḷ] adj. 合理的
2. waterfall [`wɔtɚˌfɔl] n. 瀑布 / merely [`mɪrlɪ] adv. 僅僅 / stream [strim] n. 溪流 / popularity [ˌpɑpjə`lærətɪ] n. 流行，受歡迎

# 37 含有 of 的片語介系詞

這個單元，要介紹含有 of 的片語介系詞，第一個要說明的是「because of（因為）」，它和 because 有什麼不同呢？

Because of **tiredness**, I stay home all day.
= ***Because*** I am tired, I stay home all day. 因為疲憊，我整天待在家。
→ because of 是片語介系詞，當成「介系詞」用，所以後面接名詞 tiredness（疲憊；-ness 是名詞字尾）。至於 because，它是連接詞，因此句子前後可以接兩組動詞：am 和 stay。

以下是含有 of 的片語介系詞常用組合：

| 片語介系詞 | 意思 | 用法 |
|---|---|---|
| because of | 因為（= owing to / due to） | + V-ing/N. |
| instead of | 而不是… | |
| in spite of | 儘管（= despite） | |
| regardless of | 不論，不顧 | |

Instead of **punishing** the thief, she gave him some food.
她沒有處罰小偷，反而給了他一些食物。
→ instead of 是片語介系詞，所以後面的動詞要改成動名詞 V-ing。

In spite of **getting** hurt, Jeff won the baseball game.
= **Despite** **getting** hurt, Jeff won the baseball game.
= ***Although*** Jeff got hurt, he won the baseball game.
儘管受傷，傑夫仍然贏了棒球比賽。

→ despite 是介系詞，可與 in spite of 互換。although 是連接詞，因此句子可放兩組動詞：got 和 won。

Regardless of **age and sex**, our club welcomes new members.
不論年齡和性別，我們俱樂部歡迎新成員。
→ 年齡和性別都是名詞，可以直接放在 regardless of 後面。

從以上的句子，我們會發現，只要把初級文法的字詞，例如：連接詞 although，更換成片語介系詞 in spite of，即便句子裡的其它單字一樣基礎，但是句子給人的感覺，難度與水準都會大幅提升許多喔！

## 跟讀練習

慢速 37-1A

正常速 37-1B

・**in spite of**

Although he is in poor health, he continues to work.
Despite **poor health**, he continues to work.
In spite of **poor health**, he continues to work.
儘管健康狀況不好，他仍繼續工作。

・**because of**

Because the traffic was terrible, I was late.
Because of **the terrible traffic**, I was late. 因為交通狀況不佳，我遲到了。

・**instead of**

The teacher didn't punish the boy. 這位老師沒有處罰男孩。
The teacher gave him several books. 這位老師給了他幾本書。
Instead of **punishing** the boy, the teacher gave him several books.
這位老師沒有處罰男孩，反而給了他幾本書。

・**instead of**

John didn't drink milk. 約翰沒有喝牛奶。
John drank tea. 約翰喝了茶。
Instead of **milk**, John drank tea. 約翰沒有喝牛奶，而是喝了茶。

・**regardless of**

Regardless of **race**, the law requires equal treatment for every person.
不論種族，法律都要求對每個人一視同仁。

## 文法表格解析

・**because of 因為**

| 片語介系詞 + V-ing/N. | 主詞 + 動詞… | 中文 |
|---|---|---|
| Because of **the storm**, | he was late for work. | 因為暴風雨，他上班遲到。 |
| Because of **her age**, | she can't enter a bar. | 因為年紀，她不能進入酒吧。 |

・**instead of 而不是**

| 片語介系詞 + V-ing/N. | 主詞 + 動詞… | 中文 |
|---|---|---|
| Instead of **being** annoyed, | Emily smiles. | 艾蜜莉沒有被惹惱，反而微笑。 |
| Instead of **coffee**, | Mike ordered tea. | 麥克沒點咖啡，而是點茶。 |

・**in spite of 儘管**

| 片語介系詞 + V-ing/N. | 主詞 + 動詞… | 中文 |
|---|---|---|
| In spite of **the rain**, | they went hiking. | 儘管下雨，他們去健行。 |
| In spite of **her injury**, | she plays badminton. | 儘管有傷，她仍打羽球。 |

・**regardless of 不論，不顧**

| 片語介系詞 + V-ing/N. | 主詞 + 動詞… | 中文 |
|---|---|---|
| Regardless of **wealth**, | people are equal. | 不論財富，人人皆平等。 |
| Regardless of **the danger**, | she jumps into the lake. | 不顧危險，她跳入湖中。 |

## 文法小提醒

・**兩個以上的單字，用來當介系詞，稱為「片語介系詞」**

because of / in spite of / instead of 等，都當介系詞使用，稱為「片語介系詞」，它們和「介系詞片語」不同喔！

介系詞片語，是「介系詞 + 受詞」，介系詞寫在前面。例如：介系詞片語 on the table（在桌上），on 是介系詞，the table 是受詞。

# 進階跟讀挑戰

慢速分句 37-2A　正常速分句 37-2B　正常速連續 37-2C

1. Founded in 1918, / Sanhe (三和) tile factory / is one of the few remaining factories / that still make traditional tiles. // Because of **a sense of responsibility** / **for the family business**, / the current owner / quit his job in the bank / and then went into the tile industry. // The tile factory experienced several crises, / such as Typhoon Thelma in 1977. // In spite of **being** struck seriously, / the factory was renovated / and resumed making tiles.
創立於 1918 年的三和瓦窯廠，是現存少數仍在生產傳統瓦片的工廠之一。出於對家庭事業的責任感，現任業主辭去銀行工作，投入了瓦窯產業。這個瓦窯廠經歷過數次危機，比如 1977 年的賽洛瑪颱風。儘管工廠受到重創，但仍然獲得整修並重新開始生產瓦片。

2. Shanlinxi (杉林溪) Forest Recreation Area / is the prime spot for flower viewing. // January is the time / when tulips are in full bloom. // Lots of tourists flock to Shanlinxi / regardless of **the cold weather**. // However, / the temperature is so low / that some people get a cold / despite **wearing** thick coats. // Those who hate the cold weather / can go there during spring break. // April is the time when peonies bloom.
杉林溪森林遊樂區是賞花的最佳地點。一月份，正是鬱金香盛開的時間。許多遊客不顧寒冷的天氣，湧入杉林溪。然而，溫度太低了，以致於有些人儘管穿著厚外套，還是感冒了。討厭寒冷天氣的人可以在春假去那裡。四月份是牡丹花綻放的時間。



1. tile [taɪl] n. 瓦 / responsibility [rɪˌspɑnsəˋbɪlətɪ] n. 責任 / crisis [ˋkraɪsɪs] n. 危機（複數是 crises）/ renovate [ˋrɛnəˌvet] v. 整修 / resume [rɪˋzjum] v. 重新開始，繼續
2. prime [praɪm] adj. 最佳的 / be in bloom 開花 / peony [ˋpiənɪ] n. 牡丹

# 38 常用連接詞

這個單元介紹幾組常用連接詞，它們經常出現在中級程度的文章裡，因此熟悉這幾組連接詞，可以使閱讀速度加快。

### ❶ as soon as 一…就…

**As soon as** we ***enter*** a museum, we ***should turn*** off our cell phones.

我們一進到博物館，就應該關閉手機。

→ 由於 as soon as 是連接詞，因此句子可以放兩組動詞：enter 和 should turn

### ❷ as long as 只要…

You ***can have*** the cat **as long as** you ***take*** care of it.

你可以養這隻貓，只要你照顧牠。

→ 句子可以前後對調：As long as you take care of the cat, you can have it.

### ❸ until 直到…為止

Mrs. Lin ***didn't eat*** dinner　　**until** her daughter ***came*** home.

林太太保持不吃晚餐的狀態　　直到女兒回家為止

（直到她女兒回家，林太太才吃晚餐。）

→ until 經常與 not 連用，形成「not... until...」（保持不…的狀態，直到…為止）的句型。句中 until 當連接詞，因此後面可接動詞 came。

※ until 也可當介系詞，後面接名詞。

The ticket is valid until September.（這張票效期至九月；valid [ˋvælɪd] adj. 有效的）

### ❹ so that 為了…（表示目的）

Jimmy ***gets*** up early every morning **so that** he ***could catch*** the first bus.

為了要趕上第一班公車，吉米每天早上早起。

→ so that 後面要有助動詞，比如 could/may/can/might 等。

### ❺ unless 除非…

Jane ***won't go*** to bed **unless** I ***tell*** her a story.
除非我講故事給珍聽，不然她不去睡覺。

學會這些連接詞，除了有助於閱讀文章，對於學習英文寫作的讀者來說，這些連接詞能夠表達更貼切的意思。比如第一個例句，雖然也可以使用初級文法「when（當…的時候）」來呈現類似的句意，但是不像「as soon as（一…就…）」，可以這麼傳神地表達即時性。

## 跟讀練習

慢速 38-1A

正常速 38-1B

・**as soon as**

I hung up the phone. 我掛斷電話。
I went swimming. 我去游泳。
**As soon as** I ***hung*** up the phone, I ***went*** swimming. 我一掛斷電話，就去游泳了。

・**as long as**

She can watch TV. 她可以看電視。
She finishes her homework. 她做完功課。
She ***can watch*** TV **as long as** she ***finishes*** her homework.
她可以看電視，只要她做完功課。

・**until**

Mr. Li didn't go to bed. 李先生沒有去睡覺。
His son came home. 他的兒子回家。
Mr. Li ***didn't go*** to bed **until** his son ***came*** home.
李先生直到他兒子回家，他才去睡覺。

・**so that**

Cindy speaks loudly. 欣蒂大聲説。
The teacher can hear her clearly. 老師能清楚聽到她的聲音。
Cindy ***speaks*** loudly **so that** the teacher ***can hear*** her clearly.
為了讓老師清楚聽到她的聲音，欣蒂大聲説。

· **unless**

Peter can't get the job. 彼得無法得到這份工作。

He has experience. 他有經驗。

Peter ***can't get*** the job **unless** he ***has*** experience.

除非彼得有經驗，不然他無法得到這份工作。

## 文法表格解析

· **連接詞在句子開頭**

| 連接詞 + 句子 1 | 句子 2 |
|---|---|
| **As soon as** she ***saw*** her son, | she ***smiled***. |
| 她一看到兒子， | 她就笑了。 |
| **As long as** the weather ***is*** good, | we ***will go*** hiking. |
| 只要天氣好， | 我們將會去健行。 |

· **連接詞在句子中間**

| 句子 1 | 連接詞 + 句子 2 |
|---|---|
| She ***didn't go*** home | **until** she ***finished*** her work. |
| 她沒有回家， | 直到完成工作為止。<br>（直到完成工作，她才回家） |
| I ***lower*** my voice | **so that** other people ***can't hear***. |
| 我降低音量， | 為了不讓他人聽見。<br>（為了不讓他人聽見，我降低音量） |
| I ***will go*** fishing | **unless** it ***rains***. |
| 我將去釣魚， | 除非下雨。<br>（除非下雨，否則我將去釣魚） |

## 文法小提醒

· **so that 表示「目的」，而 so... that... 表示「結果」**

[目的] John studies hard **so that** he can go to university.

為了能上大學，約翰努力用功。

[結果] Doris is **so** tired **that** she can't finish her work.

桃樂絲是如此疲累，以致於她無法完成她的工作。

## 進階跟讀挑戰

慢速分句 38-2A 正常速分句 38-2B 正常速連續 38-2C



1. Last Saturday, / I drove to Kenting (墾丁) Youth Activity Center. // **As soon as** I arrived there, / I ran to the beach. // Several hermit crabs were crawling. // One of them was on a piece of driftwood. // I laid down on the beach / **so that** I could take a nap. // The sound of the waves / made me feel relaxed. // I stayed there until sunset. // It was a terrific day.
   上週六，我開車去墾丁青年活動中心。一到那裡，我就跑到海灘。有幾隻寄居蟹正在爬行。其中一隻在一塊漂流木上面。我躺在沙灘上，如此一來我便能小睡一下。海浪的聲音讓我感覺很放鬆。我在那裡一直待到日落。那是很美好的一天。

2. The Starbucks in Huwei (虎尾), / Yunlin (雲林) / is my favorite coffee shop. // I go there / **as long as** I have free time. // I like it / because it is in a historic building. // The building used to be a fire station / during Japanese colonization. // It still retains many of its original features, / such as the fire pole, / which allowed firefighters / to reach the first floor / in the shortest time. // When I go there, / I usually sit by the windows / **unless** the seats are occupied.
   雲林虎尾的星巴克是我最愛的咖啡店。只要我有空，我就會去那裡。我喜歡這間店，是因為它在一棟歷史建築裡。這棟建築物在日治時期是消防局。它仍然保留許多原來的特色，比如能讓消防隊員以最短時間抵達一樓的滑竿。我去那裡的時候，通常坐在窗邊，除非座位被佔用。

1. hermit crab 寄居蟹 / driftwood [ˋdrɪft͵wʊd] n. 浮木，漂流木
2. retain [rɪˋten] v. 保留，保持 / occupy [ˋɑkjə͵paɪ] v. 佔用

# 39 with 補充說明句型

這個句型透過「with（伴隨著）」以及後方字詞，增添細節，使句子有更豐富的變化。「with + 名詞」後面的字詞，主要有三種類型：

### ❶ 現在分詞：主動或進行

Tina likes to ride a bicycle **with** **her hair** blowing in the wind.

緹娜喜歡騎著腳踏車，伴隨著頭髮在風中飄揚。

→ 介系詞 with 後面接名詞 her hair。後方 blowing in the wind 補充說明 her hair 的狀態。blowing 是現在分詞，表示「主動」，因為頭髮是主動飛揚。

使用初級文法，也能寫出相同意思的內容，不過句子會拆成兩句，blow 變成第二句的動詞。

[第一句] Tina likes to ride a bicycle. 緹娜喜歡騎腳踏車。

[第二句] Her hair blows in the wind. 她的頭髮在風中飄揚。

### ❷ 過去分詞：被動或完成

Paul listens to music **with** **his eyes** closed.

保羅閉著眼睛聽音樂。

→ 介系詞後面接名詞 his eyes。後方 closed 補充說明 his eyes 的狀態。closed 是過去分詞，表示「完成」。換句話說，聽音樂時，眼睛是「已經閉上」的狀態。

如果不使用 with 句型，也可用初級文法，寫出相同意思，不過句子就簡單許多。

[第一句] Paul listens to music. 保羅聽音樂。

[第二句] His eyes are closed. 他的眼睛是閉著的。

### ❸ 介系詞片語

The boy walked into the house **with** **a bird** on his shoulder.

這位男孩走進屋子，他肩膀上有隻鳥。

→ on his shoulder 補充說明 a bird 的位置。

如果拆成兩句，句子會是：

[第一句] The boy walked into the house. 這位男孩走進屋子。

[第二句] A bird was on his shoulder. 有隻鳥停在他肩膀上。

看過這些句子會發現，即便只採用基礎單字，只要句型有足夠變化，句子依舊能展現一定水準。換句話說，提升英文能力，除了多背單字，也需要熟悉常用文法句型喔！

慢速 39-1A

正常速 39-1B

## 跟讀練習

・**現在分詞**

The soldier told us his story. 這名士兵告訴我們他的故事。

Tears ran down his face. 眼淚從他臉上滑落。

The soldier told us his story **with** **tears** running down his face.

這名士兵流著眼淚，告訴我們他的故事。

・**過去分詞**

Jimmy often sleeps in the bedroom. 吉米常常在臥室裡睡覺。

Windows are closed. 窗戶是關著的。

Jimmy often sleeps in the bedroom **with** **windows** closed.

吉米常常在臥室，關著窗戶睡覺。

・**介系詞片語**

The kids ran into the room. 孩子們跑進房間。

Toys were in their pockets. 玩具在他們口袋裡。

The kids ran into the room **with** **toys** in their pockets.

孩子們口袋裡裝著玩具，跑進房間。

・**介系詞片語**

The manager walked into the office. 經理走進辦公室。

A book was in his right hand. 他右手有本書。

The manager walked into the office **with** **a book** in his right hand.

經理右手拿著一本書，走進辦公室。

## 文法表格解析

・現在分詞：主動或進行

| 主詞 + 動詞… | with | 名詞 + 現在分詞 |
|---|---|---|
| The dog stares at a hot dog | **with** | **its mouth** watering. |
| 狗盯著熱狗，一直流口水。 | | |

・過去分詞：被動或完成

| 主詞 + 動詞… | with | 名詞 + 過去分詞 |
|---|---|---|
| Tim reads a book | **with** | **his arms** folded. |
| 提姆交叉著雙臂看書。 | | |

・介系詞片語

| 主詞 + 動詞… | with | 名詞 + 介系詞片語 |
|---|---|---|
| The man told me his secret | **with** | **tears** in his eyes. |
| 男子含著眼淚，告訴我他的秘密。 | | |

## 文法小提醒

**・現在分詞、過去分詞、介系詞片語，都在「補充說明」前面的名詞**

The dog stares at a hot dog **with** **its mouth** watering.

→「watering（正在流口水）」是現在分詞，也就是形容詞，補充說明牠嘴巴的狀態。

Tim reads a book **with** **his arms** folded.

→ fold 是動詞，折疊的意思。使用過去分詞「folded（已折疊的）」，補充說明手臂的姿勢。

The man told me his secret **with** **tears** in his eyes.

→ in his eyes（在他眼睛裡），補充說明眼淚的位置。

## 進階跟讀挑戰

慢速分句 39-2A　正常速分句 39-2B　正常速連續 39-2C

1. Yesterday, / my friends and I took a boat trip / to Waisanding (外傘頂) Sand Bar. // The sea was calm with no waves. // On the boat, / I sat on a chair / **with** **my legs** crossed / and looked at the scenery. // The chatty tour guide told us his life story / **with** **a light** in his eyes. // Twenty minutes later, / we saw the sand bar. // After we came back to land, / it was time to barbecue. // We stared at the oysters on the grill / **with** **our mouths** watering.
昨天我和朋友搭船遊外傘頂洲。海面很平靜，沒有浪花。在船上，我翹腳坐在椅子上看風景。愛聊天的導遊告訴我們他的人生故事，他眼中散發著光芒。二十分鐘之後，我們看到了沙洲。返回陸地以後，就是烤肉的時候了。我們流著口水，盯著烤肉架上的牡蠣。

2. Last month, / Amy and I went to a lavender farm. // There was an extensive lawn there. // We ordered roast chicken. // I sat on a picnic mat / **with** **my elbows** resting on my knees. // When the roast chicken was served, the aroma filled the air. // After the meal, / we went to the gift shop. // Amy found some lavender essential oil / and was satisfied with its smell, / so five minutes later, / she walked toward the checkout counter / **with** **a bottle of lavender essential oil** / in her right hand.
上個月，艾咪和我去一座薰衣草農場。那裡有一大片草坪。我們點了烤雞。我坐在野餐墊上，手肘放在膝蓋上。烤雞送過來的時候，香氣瀰漫在空氣中。用完餐以後，我們去禮品店。艾咪發現了薰衣草精油，並且很滿意它的氣味，所以五分鐘之後，她右手拿著一瓶薰衣草精油，走向收銀台。

1. chatty [`tʃætɪ] adj. 愛聊天的 / barbecue [`bɑrbɪkju] v. 烤肉 / grill [grɪl] n. 烤架
2. lavender [`lævəndɚ] n. 薰衣草 / aroma [ə`romə] n.（食物等的）香氣 / essential oil 精油

# 40 regard/consider（視 A 為 B）

regard 和 consider 都能做出「視 A 為 B」的句子，不過兩者後面接的字詞各有不同。**regard 搭配 as，而 consider 搭配 to be，並且 to be 可以省略。**regard/consider 的句型可以互換，用於人或事物皆可。

## ❶ 用在「人」身上

I **regard** Amy **as** my best friend. 我視艾咪為我最好的朋友。
= I **consider** Amy **(to be)** my best friend.
→ A 是 Amy，B 是 my best friend。

Emily **regards** herself **as** a great dancer.
艾蜜莉認為自己是一位很棒的舞者。
→ A 是 herself，B 是 a great dancer。

He **is** widely **regarded as** the father of biology.
他被人們廣泛地視為生物學之父。
→ 本句使用被動「被人們視為生物學之父」。「by people（被人們）」省略未寫出來。

## ❷ 用在「事物」上

Steve **regards** art **as** a difficult field. 史帝夫認為藝術是一個困難的領域。
= Steve **considers** art **(to be)** a difficult field.
→ to be 可以省略。A 是 art，B 是 a difficult field（一個困難的領域）。

They **regard** Thanksgiving **as** a time for reunion.

= They **consider** Thanksgiving **(to be)** a time for reunion.

他們視感恩節為團圓的時刻。

→ A 是 Thanksgiving（感恩節），B 是 a time for reunion（團圓的時刻）。

關於 consider 和 regard 的字義，提醒一下，讀者可能曾經背過 consider 當作「考慮」的意思，不過這裡使用的，是 consider 的另外一個意思：「把…視為；認為」。regard 也有一個常見的意思是「尊敬」，但這裡使用另一個意思：「把…認為」。有時候，一個英文字詞會有好幾個中文解釋，要看它在句子裡的意義，才能夠判斷使用哪一項。學習的當下，只需要記住正在使用的那一個解釋就可以囉！

## 跟讀練習

慢速 40-1A

正常速 40-1B

・**人**

His mom **regards** him **as** the smartest of her children.

His mom **considers** him **to be** the smartest of her children.

他母親認為他是她的孩子中最聰明的。

・**事物**

Mike **regards** biology **as** a difficult subject. 麥克認為生物是個困難的科目。

Mike **considers** biology **to be** a difficult subject.

・**事物（as + 形容詞）**

Most people **regard** drunk driving **as** immoral. 大部分人認為酒駕是不道德的。

Most people **consider** drunk driving **to be** immoral.

・**事物（as + 形容詞）**

Some people **regard** education **as** useless. 有些人認為教育是無用的。

Some people **consider** education **to be** useless.

## 文法表格解析

**・regard A as B**

| 主詞 | 視 | A | 為 | B |
|---|---|---|---|---|
| I | **regard** | David | **as** | my partner. |
| 我把大衛當作我的夥伴。 | | | | |
| Tina | **regards** | herself | **as** | a great painter. |
| 緹娜認為自己是一位很棒的畫家。 | | | | |

**・consider A to be B**

| 主詞 | 視 | A | 為 | B |
|---|---|---|---|---|
| He | **considers** | art | **(to be)** | useless. |
| 他認為藝術無用。 | | | | |
| They | **consider** | teamwork | **(to be)** | a hard task. |
| 他們視團隊合作為一項困難任務。 | | | | |

## 文法小提醒

**・B 的位置，可以是「名詞或形容詞」**

I **regard** David **as** my partner. **[名詞]**

→ 視 A 為 B，A 是 David，B 是「my partner（我的夥伴）」，my partner 是名詞。

He **considers** art **(to be)** useless. **[形容詞]**

→ 視 A 為 B，A 是 art，B 是「useless（無用的）」，useless 是形容詞。

They **consider** teamwork **(to be)** a hard task. **[名詞]**

→ 視 A 為 B，A 是「teamwork（團隊合作）」，B 是「a hard task（一項困難的任務）」，a hard task 是名詞。

## 進階跟讀挑戰

慢速分句 40-2A

正常速分句 40-2B

正常速連續 40-2C



1. There is a peculiar natural landscape / called "Moon World" / in Kaohsiung (高雄). // You can **consider** this spot / **to be** like the surface of the moon. // It is famous / for its mud volcanoes / and clay hills. / Although visitors are prohibited / from climbing the clay hills, / they can walk or jog / around the hills. // In other words, / people can **regard** this scenic spot / **as** a park.
在高雄，有個稱作月世界的奇特自然景觀。你可以把這個地點當作像是月球表面一樣。這個地方以泥火山和黏土質的丘陵聞名。雖然禁止訪客攀爬黏土丘陵，但他們可以在丘陵周圍走路或慢跑。換句話説，人們可以把這個景點當成公園。

2. In downtown Hualien (花蓮), / there is a confectionery shop / selling a variety of handcrafted desserts, / including wagashi. // Japanese people living in Hualien / often visit the shop. // They **regard** the shop / **as** one of the best in the area. // Tourists would **consider** it / **to be** run by a Japanese owner, / but it is not.
在花蓮市中心，有一間甜點店販售各式各樣的手工甜點，包括和菓子。住在花蓮的日本人經常拜訪這家店。他們認為這是區域內最好的店之一。遊客會認為它由日本店主經營，但其實不是。

1. peculiar [pɪˋkjuljɚ] adj. 奇怪的，奇特的 / surface [ˋsɝfɪs] n. 表面 / volcano [vɑlˋkeno] n. 火山 / clay [kle] n. 黏土 / prohibit [prəˋhɪbɪt] v. 禁止
2. downtown [ˌdaʊnˋtaʊn] adj. 市中心的 / confectionery [kənˋfɛkʃənˌɛrɪ] n. 糕點 / handcraft [ˋhændˌkræft] v. 手工製作 / wagashi [wɑˋgɑʃɪ] n. 和菓子

# 41 a large number/amount of（很多的）

初級文法階段，會用 many/much 表達「很多」的意思。到了中級文法，會替換成 a large number of 以及 a large amount of，它們各自修飾可數和不可數名詞。簡單來說，**number 是給「可數」使用，amount 是給「不可數」使用**。

## ❶ a large number of + 可數名詞

number 是「數字」，也就是 1, 2, 3⋯，因此後面接可數名詞。用這樣的方式理解，就不用死背囉！

Paul has **a large number of** friends. 保羅有許多朋友。
There are **a large number of** flowers in the garden. 花園裡有許多花朵。

**a large number of + 可數名詞**

Paul has **a large number of** friends.

We had **a large amount of** rain last week.

## ❷ a large amount of + 不可數名詞

amount 指的是「量」，比如沙子的量（the amount of sand），因此接不可數名詞。

Tina made **a large amount of** money. 緹娜賺了許多錢。
We had **a large amount of** rain last week. 我們上週下了許多雨。

Those people made **a large amount of** noise yesterday.
那些人昨天製造了大量的噪音。

### ❸ a lot of / plenty of + 可數/不可數名詞 [皆可]

如果不確定是可數，還是不可數，也可以直接使用 a lot of 或 plenty of。初級文法以 a lot of 為主，中級文法以 plenty of 為主。

The man has **plenty of** money. 這位男子有許多錢。
= The man has **a lot of** money.

Don't worry. We have **plenty of** time. 別擔心。我們有許多時間。
= Don't worry. We have **a lot of** time.

## 跟讀練習

慢速 41-1A

正常速 41-1B

- **a large number of + 可數名詞**
  **Many** people went to Tim's party last night.
  **A large number of** people went to Tim's party last night.
  昨晚許多人參加提姆的派對。
- **a large number of + 可數名詞**
  **Many** kids play baseball in the park.
  **A large number of** kids play baseball in the park.
  許多孩子在公園裡打棒球。
- **a large number of + 可數名詞**
  **Many** people donate blood every year.
  **A large number of** people donate blood every year.
  有許多人每年捐血。
- **a large amount of + 不可數名詞**
  Mr. Lin spent **a lot of** money.
  Mr. Lin spent **a large amount of** money.
  林先生花了許多錢。
- **a large amount of + 不可數名詞**
  The company invests **a lot of** money in the project.
  The company invests **a large amount of** money in the project.
  公司投資一大筆錢在這個專案裡。

## 文法表格解析

・**a large number of + 可數名詞**

| 許多 | 可數名詞（複數） | 中文 |
|---|---|---|
| a large number of | books | 許多書 |
| | relatives | 許多親戚 |

・**a large amount of + 不可數名詞**

| 許多 | 不可數名詞 | 中文 |
|---|---|---|
| a large amount of | rain | 許多雨 |
| | noise | 許多噪音 |

・**a lot of / plenty of + 可數或不可數名詞**

| 許多 | 名詞 | 中文 |
|---|---|---|
| a lot of / plenty of | friends（可數，複數） | 許多朋友 |
| | money（不可數） | 許多錢 |

## 文法小提醒

・**a large number/amount of 也可以用在句首**

**A large number of** people are in the park. 許多人在公園裡。

→ a large number of 可以替換成 many / a lot of / plenty of。

**A large amount of** money is in the safe. 一大筆錢在保險箱裡。

→ a large amount of 可以替換成 much / a lot of / plenty of。

・**除了 large，也可以搭配形容詞 great**

Amy invests **a great amount of** money in stocks. 艾咪投資許多錢在股票中。

→ money 不可數。large 可替換成 great。

**A great number of** students are in the building. 許多學生在這棟大樓裡。

→ student 可數。large 可替換成 great。

## 進階跟讀挑戰

慢速分句 41-2A

正常速分句 41-2B

正常速連續 41-2C

1. Have you ever heard of "Ramune"? // It is a kind of clear soda, / but it tastes different from Sprite. // In central Taiwan, / there is a Ramune factory open to visitors. // Every month, / **a large number of** tourists go there / and try making Ramune by themselves. // Kids love this activity, / and some of them might drink **a large amount of** Ramune.
你聽過彈珠汽水嗎？它是一種透明的汽水，但是嚐起來和雪碧汽水不一樣。在中台灣，有一座對訪客開放的彈珠汽水工廠。每個月，許多遊客會到那裡，並且嘗試自己製作彈珠汽水。孩子們喜愛這個活動，其中一些孩子會喝大量的彈珠汽水。

2. In Kaohsiung (高雄), / a historic building / has been turned into a coffee shop. // The building used to be a bank / during Japanese colonization. // It has been refurbished, / but its important features still remain. // For instance, / the checkout counter of the coffee shop / is the former bank counter. // Also, / the vault is still there, / but what is inside now is not money / but an ice drip coffee maker. // The clerks make **plenty of** coffee with it every day. // These features attract **a lot of** customers, / especially on holidays.
在高雄，一棟歷史建築變成了咖啡店。這棟建築物在日本殖民時期是一間銀行。它經過整修，但重要的特徵仍然保持著。例如，咖啡廳的結帳櫃檯是以前的銀行櫃檯。金庫也還在那裡，但現在裡面不是錢，而是一台冰滴咖啡機。店員每天都會用它製作許多咖啡。這些特色吸引許多顧客，特別是在假日。

1. Ramune [ˋrɑmʊnɛ] n. 彈珠汽水 / clear [klɪr] adj. 透明的
2. refurbish [riˋfɝbɪʃ] v. 整修 / vault [vɔlt] n.（銀行的）金庫 / ice drip coffee 冰滴咖啡

# 42 prevent/keep/stop A from B（使免於、使不能）

from 是介系詞，有「避免、遠離」的意思。因為是介系詞，所以後面要接 V-ing 或名詞。prevent/keep/stop... from... 後面可接三種類型：

### ❶ from + 名詞

Helmets **prevent** bicycle riders **from** harm.
安全帽可以防止腳踏車騎士受到傷害。
→ A 是 bicycle riders（腳踏車騎士），B 是名詞 harm（傷害）。

### ❷ from + V-ing

from 後面接 V-ing，是三種類型中最常見的用法。

We **stopped** her **from** ***telling*** the truth to our teacher.
我們阻止她把真相告訴我們老師。
→ A 是 her，B 是 telling the truth to our teacher（把真相告訴我們老師）。

Lisa's advice **kept** me **from** ***making*** a mistake.
麗莎的忠告使我免於犯下錯誤。
→ A 是 me，B 是 making a mistake（犯錯）。

My leg injury **prevents** me **from** ***playing*** basketball.
腿傷使我不能打籃球。
→ A 是 me，B 是 playing basketball（打籃球）。

### ❸ from + being 過去分詞

要表示被動的意義，必須使用「be 動詞 + 過去分詞」。因為前面有介系詞 from，因此把 be 動詞改為 V-ing，寫成 being。

The police **prevent** the hostage **from** ***being killed***.
警方防止人質被殺害。
→ A 是 the hostage，B 是 being killed（被殺害）。

想學好這個單元，只需要了解介系詞後面會接 V-ing/名詞，然後看著例句與解說，了解使用方式，並不需要像公式一樣背誦哦！此外，如果讀者有報考英文證照考試，此句型在克漏字閱讀測驗中也很常考，考點是介系詞 from。

## 跟讀練習

慢速 42-1A

正常速 42-1B

· **from + 名詞**

Teachers **keep** children **from** harm.
老師使孩童免於受到傷害。

· **from + V-ing**

He eats fast food. 他吃速食。
The doctor **stops** him **from** ***eating*** fast food. 醫生禁止他吃速食。

· **from + V-ing**

We arrived on time. 我們準時抵達。
The storm **stopped** us **from** ***arriving*** on time. 暴風雨使我們無法準時抵達。

· **from + V-ing**

She plays baseball. 她打棒球。
Her shoulder injury **keeps** her **from** ***playing*** baseball. 肩傷使她無法打棒球。

· **from + being 過去分詞**

Her plan is carried out. 她的計畫被執行。
The man **prevents** her plan **from** ***being carried*** out.
這位男子阻止她的計畫被執行。

· **from + being 過去分詞**

The key witness is killed. 關鍵證人被殺害。
The police **prevent** the key witness **from** ***being killed***.
警方防止關鍵證人被殺害。

# 文法表格解析

· from + 名詞

| 主詞 + 動詞… | from + 名詞 |
| --- | --- |
| I wear a hat to **keep** myself | **from** sunburn. |
| 我戴帽子以防曬傷。 | |
| Parents **prevent** children | **from** harm. |
| 父母使孩子免於受到傷害。 | |

· from + V-ing

| 主詞 + 動詞… | from + V-ing |
| --- | --- |
| The man **was prevented** | **from** ***entering*** the zoo. |
| 這位男子被阻止進入動物園。 | |
| The girl holds onto the rail to **stop** herself | **from** ***falling***. |
| 那個女孩抓牢扶手，不讓自己跌倒。 | |

· from + being 過去分詞

| 主詞 + 動詞… | from + being 過去分詞 |
| --- | --- |
| I put the vase into the box to **prevent** it | **from** ***being damaged***. |
| 我把花瓶放進盒子，避免毀損。 | |
| The government **prevents** the wine | **from** ***being sold***. |
| 政府禁止酒類出售。 | |

# 文法小提醒

· **protect A from B 保護 A 免於 B**

除了 prevent/keep/stop... from... 之外，類似用法還有 protect（保護）... from...。

The cover **protects** the keyboard **from** water.

蓋子保護鍵盤免於受到水的侵害。

→ from 是「避免、遠離」的意思。

# 進階跟讀挑戰

慢速分句 42-2A　正常速分句 42-2B　正常速連續 42-2C

1. In Pingtung (屏東), / there is a farm / where goats and chickens are raised. // The goats graze on the pasture. // They are fenced off / to **prevent** them **from** ***escaping***. // At lunch time, / the restaurant on the farm / serves goat milk hotpot. // Tourists usually sit indoors / to **keep** themselves **from** mosquito bites.
在屏東，有一座養羊和雞的農場。羊在牧場吃草。柵欄把牠們隔開，以防止牠們逃跑。在午餐時間，農場裡的餐廳供應羊奶火鍋。遊客通常會坐在室內，以免被蚊子叮咬。

2. In Taiwan, / there are some old buildings / constructed during Japanese colonization. // Some of them have verandas. // Verandas **prevent** rain **from** ***entering*** the buildings. // Some buildings also have a layer of wooden planks / on the outside. // The wooden planks / are meant to **prevent** rainwater **from** ***seeping*** in.
在台灣，有一些日本殖民時期建造的老建築。其中一些建築物有外廊。外廊防止雨水進入建築物。有些建築物的外部也有一層木板。這些木板的用意是防止雨水滲入。

1. graze [grez] v. 吃草 / pasture [`pæstʃɚ] n. 牧場，牧草地 / fence off 用柵欄隔開
2. construct [kən`strʌkt] v. 建造 / veranda [və`rændə] n. 建築物外部的走廊 / layer [`leɚ] n. 層 / plank [plæŋk] n.（木）板 / seep [sip] v. 滲透

# 43 be situated/located + 介系詞（位於、座落於）

想表示「位於、座落於…」，有主動和被動兩種表現方式。相較於主動，採用被動的難度比較高，也更偏向中級文法，因此這個單元會以介紹「被動用法」為主。此外，無論主動還是被動，介系詞都會根據句意，而有所變化。

## ❶ 主動語態：lie/sit/stand + 介系詞

The house **sits on** the hillside. 這間屋子位於山腰上。

→ hillside [ˋhɪlˏsaɪd] (n.) 山腰、山坡。on the hillside：在山腰上。

The town **lies in** the valley. 這城鎮位於山谷中。

→ valley [ˋvælɪ] (n.) 山谷。in the valley：在山谷中。

## ❷ 被動語態：be situated/located + 介系詞

situated 和 located 都是過去分詞。分詞是形容詞，真正的動詞是 be 動詞。

His hotdog stand **is located at** the gate of the zoo.
他賣熱狗的攤子，位於動物園大門附近。

→ hotdog (n.) 熱狗。stand (n.) 攤子。

→ at (prep.) 在…地點。at 表示在附近，並無特別強調在大門裡面，還是外面。

The coffee shop **is located near** the river. 這間咖啡廳位於河流附近。

→ near 是介系詞，意思是「在…附近」。near the river：在河流附近。

The company **is situated in** the center of the city.
公司位於城市的中央。

→ in the center of：在…的中央。例如 in the center of the room（在房間的中央）。這裡是 in the center of the city（在城市的中央）。

Their kitchen **is situated on** the top floor of the house.
他們的廚房位於房子的頂樓。

→ 使用 on，是因為「on + 樓層」，例如 on the second floor（在二樓）。

使用被動用法的時候，由於 situated 和 located 都只是過去分詞，並非動詞，因此別忘記加上 be 動詞喔！

## 跟讀練習

慢速 43-1A

正常速 43-1B

・**主動語態**

A pencil is on the table. 一枝鉛筆在桌上。

A pencil **lies on** the table. 一枝鉛筆放在桌上。

・**主動語態**

A library is near the train station. 一間圖書館在火車站附近。

A library **stands near** the train station. 一間圖書館位於火車站附近。

・**主動語態**

A red building is in the park. 一棟紅色建築物在這公園裡。

A red building **sits in** the park. 一棟紅色建築物座落在這公園裡。

・**被動語態**

The office is in London. 這間辦公室在倫敦。

The office **is located in** London. 這間辦公室位於倫敦。

・**被動語態**

The apartment is near the park. 這間公寓在公園附近。

The apartment **is situated near** the park. 這間公寓位在公園附近。

・**被動語態**

The hotel is near the lake. 這間飯店在湖附近。

The hotel **is located near** the lake. 這間飯店位在湖附近。

## 文法表格解析

・主動語態：lie/sit/stand

| 主詞 | 動詞 | 介系詞 | 地方 | 中文 |
|---|---|---|---|---|
| The village | **lies** | **in** | the valley. | 這座村莊位於山谷中。 |
| The wooden house | **sits** | **on** | the hillside. | 這棟木屋位於山腰上。 |
| The lamp | **stands** | **on** | the desk. | 這座檯燈立在書桌上。 |

・被動語態：be situated/located

| 主詞 | 動詞 | 介系詞 | 地方 | 中文 |
|---|---|---|---|---|
| The mansion | **is situated** | **in** | the center of the island. | 這棟豪宅位於島中央。 |
| The tribe | **is located** | **near** | the lake. | 這部落位於湖泊附近。 |

## 文法小提醒

・表示位置的句子，會**根據句意，搭配適當的介系詞**

The lamp stands **on** the desk.
→ on the desk（在書桌上）

The mansion is situated **in** the center of the island.
→ in the center of + 名詞（在…的中央）
in the center of the island（在島的中央）

The tribe is located **near** the lake.
→ near 是介系詞，後面接名詞 the lake，形成 near the lake（湖泊附近）

# 進階跟讀挑戰

慢速分句 43-2A　正常速分句 43-2B　正常速連續 43-2C

1. Xiaonanhai (小南海) Scenic Area / **is situated between** Baihe (白河) District / **and** Houbi (後壁) District in Tainan (台南). // In the area, / there is a five-kilometer path. // Some locals take a walk there every afternoon. // There is also a temple / **located near** the scenic area. // The main deity of the temple / is Nanhai Guanyin (南海觀音). // This is why this area is called Xiaonanhai.
小南海風景區位於台南白河區和後壁區之間。區域內，有一條五公里長的小徑。一些當地人每天下午會在那裡散步。有一間寺廟也在風景區附近。這間寺廟的主神是南海觀世音菩薩。這就是為什麼這個地區稱為小南海。

2. Do you like curry? // If you are a curry lover, / this curry restaurant, / which **is located in** downtown Chiayi (嘉義), / may be a good place for dinner. // Its curry is made with fresh fruit and vegetables. // When you are seated, / you will see a wooden bowl / **sitting on** the table. // Inside the bowl / are sesame seeds and peanuts. // You can grind them / and scatter the ground ingredients / on your curry.
你喜歡咖哩嗎？如果你是咖哩愛好者，這家位於嘉義市中心的咖哩餐廳，可能是吃晚餐的好地方。它的咖哩是用新鮮蔬果製成。當你就座的時候，你會看到桌上放著一個木碗。碗裡有芝麻和花生。你可以把它們磨碎，並且把磨好的材料撒在咖哩上。

1. scenic [`sinɪk] adj. 風景優美的 / local [lokl] n. 當地人 / temple [`tɛmpl] n. 寺廟 / deity [`diətɪ] n. 神，女神
2. grind [graɪnd] v. 磨碎（過去分詞是 ground）/ scatter [`skætɚ] v. 撒 / ingredient [ɪn`gridɪənt] n.（食品的）成分

# 44 be worth + V-ing/N（值得）

worth 是形容詞，意思是「值…價值；值得」，它最特別的地方在於：後面須使用 V-ing，或者直接接名詞。和 worth 很類似的單字是 worthy，它也是形容詞，但是變化就比較多，兩者易混淆，因此同時做個比較。

## ❶ worth 的用法

・**be worth +** 名詞

This computer **is worth** NT$35,000. 這部電腦價值台幣 35,000 元。

→ NT$35,000 元是名詞，可直接放在 worth 後面。

Her behavior **is worth** our attention. 她的行為值得我們關注。

→ attention [ə`tɛnʃən] (n.) 注意。our attention 是名詞，可直接放在 worth 後面。

・**be worth +** V-ing

London **is worth** visiting. 倫敦值得一遊。

→ worth 是主動用法，後面必須接 V-ing，這是 worth 最特別的地方。

This computer **is worth** NT$35,000.

London **is worth** visiting.

### ❷ worthy 的用法：後面接「被動」的表達方式

・**be worthy to +** 被動（**be + 過去分詞**）

The novel **is worthy** to be read. 這本小說值得一讀。

→ 小說是「被」人閱讀，因此使用被動 be read。後方的 read [rɛd] 是過去分詞。

・**be worthy of +** 被動（**being + 過去分詞**）

The novel **is worthy of** being read. 這本小說值得一讀。

= The novel **is worthy** to be read.

= The novel **is worth** reading. **[worth + V-ing/N]**

→ 同樣用被動 be read，但 be 前面有介系詞 of，所以要加上 ing，寫成 being。worthy 和 worth 句型可以互換。

・**be worthy of +** 名詞

Miss Brown **is worthy of** my respect. 布朗小姐值得我的尊敬。

→ respect [rɪˋspɛkt] (n.) 尊敬

從以上例句會發現，worth 單純許多，直接接 V-ing/N 就好。想要熟悉此句型，以記憶 worth 為主，至於 worthy 理解即可，這樣比較不會相互混淆。

## 跟讀練習

慢速 44-1A

正常速 44-1B

The magazine **is worth** reading.

The magazine **is worthy of** being read.

The magazine **is worthy** to be read. 這本雜誌值得一讀。

The article **is worth** reciting.

The article **is worthy of** being recited.

The article **is worthy** to be recited. 這篇文章值得背誦。

Wetlands **are worth** conserving.

Wetlands **are worthy of** being conserved.

Wetlands **are worthy** to be conserved. 濕地值得被保護。

## 文法表格解析

・主動用法：**be worth + V-ing**

| 主詞 | be worth + V-ing | | 中文 |
|---|---|---|---|
| The town | **is worth** | visiting. | 這座城鎮值得一訪。 |
| The movie | | seeing. | 這部電影值得一看。 |

・被動用法：**be worthy**

| 主詞 | be worthy to be 過去分詞 | | 中文 |
|---|---|---|---|
| Our friendship | **is worthy** | to be cherished. | 我們的友誼值得珍惜。 |
| The brave man | | to be remembered. | 這勇敢的男子值得被銘記。 |
| **主詞** | **be worthy of being 過去分詞** | | **中文** |
| Our friendship | **is worthy** | **of** being cherished. | 我們的友誼值得珍惜。 |
| The brave man | | **of** being remembered. | 這勇敢的男子值得被銘記。 |

・**worth/worthy 接名詞**

| 主詞 + 動詞 | be worth / worthy of + 名詞 | | 中文 |
|---|---|---|---|
| The question | **is worth** | their discussion. | 這個問題值得他們討論。 |
| His behavior | **is worth** | our attention. | 他的行為值得我們關注。 |
| | **is worthy** | **of** our attention. | |

## 文法小提醒

・**worth 使用主動，而 worthy 使用被動。**

The town **is worth** visiting.

→ worth 必須用主動，因此是 visiting。

Our friendship **is worthy of** being cherished.

→ worthy 用被動，所以是 be cherished（被珍惜）。of 是介系詞，後面要接 V-ing，因此寫成 being。

## 進階跟讀挑戰

慢速分句 44-2A　正常速分句 44-2B　正常速連續 44-2C

1. There is a café / converted from a barn / in Nantou (南投). // It **is worth** visiting / because you can see early agricultural machinery / on display there. // The café is spacious, / with one of its walls / decorated with stones of various shapes. // Its coffee **is worth** tasting, / too, / for it has been rated one of the best / by the Coffee Quality Institute. // Almost all customers / are satisfied with its taste.
   南投有一家從穀倉改建的咖啡店。這間咖啡店值得造訪，因為你可以看到那裡展示的早期農業機械。咖啡館很寬敞，其中一面牆以各種形狀的石頭裝飾。它的咖啡也值得品嚐，因為它被美國咖啡品質協會評鑑為最好的咖啡之一。幾乎所有顧客都滿意它的味道。

2. This farm in Chiayi (嘉義) **is worth** a visit. // There are many kinds of animals / on the farm, / including meerkats. // A friend of mine, / who works as a vet, / told me that meerkats are social animals. // They show altruistic behaviors, / such as helping their companions avoid danger. // I find the fact interesting / and feel that it **is worthy of** further exploration.
   這座在嘉義的農場值得一遊。農場有許多種動物，包括狐獴。我的一位獸醫朋友告訴我，狐獴是群居動物。牠們展現利他行為，例如幫助同伴避開危險。我認為這項事實很有趣，也感覺值得進一步探索。

1. convert [kən`vɝt] v. 轉變，改建 / agricultural [ˌægrɪ`kʌltʃərəl] adj. 農業的 / machinery [mə`ʃinərɪ] n. 機械 / on display 展出 / spacious [`speʃəs] adj. 寬敞的
2. meerkat [`mɪrkæt] n. 狐獴 / altruistic [ˌæltrʊ`ɪstɪk] adj. 利他的 / behavior [bɪ`hevjɚ] n. 行為 / exploration [ˌɛksplə`reʃən] n. 探索

# 45 省略 should 的句型

這個句型表達「應該去做」的事情，句型裡的動詞涵義，與「建議、要求、堅持、命令」有關。後方 that 子句裡，可使用主動、被動兩種方式。

| 主詞 + | 建議（suggest）<br>要求（require）<br>堅持（insist）<br>命令（order） | + that + 主詞 + (should) + 原形動詞… |
|---|---|---|

## ❶ 主動：(should) + 原形動詞

主動的寫法比較單純，保持原形動詞即可。

[建議] The dentist **suggests** that he (should) **brush** his teeth every day.
牙醫建議他應該每天刷牙。

→ should 是助動詞，後面必須接原形動詞，因此寫成 brush。省略 should 之後，句子會是 ... that he **brush** his teeth every day.。

[要求] The teacher **requires** that Lisa (should) **hand** in her homework as soon as possible. 老師要求麗莎應儘快繳交功課。

→ hand in (ph.) 繳交。省略 should 之後，句子會是 ... that Lisa **hand** in her homework...。

## ❷ 被動：(should) + be 動詞 + 過去分詞

被動是「be 動詞 + 過去分詞」，原本的 is/am/are/was/were 在助動詞 should 後方，一律改回原形動詞 be。

[堅持] The man **insists** that the cap (should) **be** taken off.
男子堅持帽子應該脫下。
→ 帽子「被」人脫下，使用被動 is taken off。遇到 should，is 改回原形動詞 be。省略 should 之後，句子會是 ... that the cap **be** taken off.。

[命令] The manager **orders** that the printer (should) **be** repaired.
經理下令印表機應被修理。
→ 印表機「被」人修理，使用被動 is repaired。遇到 should，is 改回原形動詞 be。省略 should 之後，句子會是：... that the printer **be** repaired.。

## 跟讀練習

慢速 45-1A

正常速 45-1B

- **主動**

Helen thinks that he should return the pen. 海倫認為他應該把筆歸還。

Helen **requires** that he (should) **return** the pen. 海倫要求他把筆歸還。

- **主動**

His uncle thinks that he should join a gym. 他叔叔認為他應該加入健身房。

His uncle **insists** that he (should) **join** a gym. 他叔叔堅持他應該加入健身房。

- **主動**

The doctor thinks that she should swim every week. 醫生認為她應該每週游泳。

The doctor **suggests** that she (should) **swim** every week.
醫生建議她應該每週游泳。

- **被動**

The mayor thinks that a bridge should be built. 市長認為應該建造一座橋。

The mayor **orders** that a bridge (should) **be** built. 市長下令建造一座橋。

- **被動**

The man thinks that the computer should be repaired.
男子認為電腦應該要修理。

The man **insists** that the computer (should) **be** repaired.
男子堅持電腦應該要修理。

- **被動**

The boss thinks that the project should be completed on time.
老闆認為這個企畫案應該準時完成。

The boss **orders** that the project (should) **be** completed on time.
老闆下令這個企畫案準時完成。

## 文法表格解析

・主動：(should) + 原形動詞

| 主詞 + 動詞 | that 子句 |
| --- | --- |
| His parents **insist** | that he (should) **major** in art. |
| 他的父母堅持 | 他應該主修藝術。 |
| The doctor **requires** | that he (should) **quit** smoking. |
| 醫生要求 | 他應該戒菸。 |

・被動：(should) + be + 過去分詞

| 主詞 + 動詞 | that 子句 |
| --- | --- |
| The man **suggests** | that a bridge (should) **be** set up. |
| 男子建議 | 設立一座橋。 |
| The boss **ordered** | that products (should) **be** delivered. |
| 老闆下令 | 運送產品。 |

## 文法小提醒

・**使用「形容詞」也可省略 should 的句型**

表示「重要、必要」的形容詞，以下句型裡的 should 可省略。

| It is | **important**（重要的） | that 主詞 + (should) + 動詞 | …是重要的 |
| --- | --- | --- | --- |
| | **necessary**（必要的） | | …是必須的 |
| | **urgent**（緊急的） | | …是急迫的 |

It is **important** that he (should) **attend** the meeting.
他應該參加會議，這是重要的事情。

It is **necessary** that the report (should) **be** done.
報告應該做完，這是必須的事情。

It is **urgent** that fire trucks (should) **arrive**.
消防車應抵達，這是急迫的事情。

# 進階跟讀挑戰

慢速分句 45-2A

正常速分句 45-2B

正常速連續 45-2C

1. In Pingtung (屏東), / there is a restaurant / with a stunning view of the sea. // It is filled with customers / every weekend. // Therefore, / it is **necessary** / that customers **should reserve** tables. // There are two areas in the restaurant. // The front is the barbecue area, / and the back is the dining area. // Its clerks **suggest** / that customers **should sit** in the dining area / so that they can appreciate its lavish interior decoration. // There is also a British telephone booth / in front of the restaurant, / adding to its exotic charm.
在屏東，有一間具備絕美海景的餐廳。每個週末，那裡都充滿了顧客。所以，顧客訂位是必要的。餐廳有兩個區域。前面是烤肉區，後面是用餐區。店員建議顧客坐在用餐區，以便欣賞豪華的室內裝潢。餐廳前面也有一座英式電話亭，為餐廳的異國魅力加分。

2. In Taitung (台東), / there is a camping area near the beach. // Naturally, / campers would go to the beach / to have some fun / or simply watch waves crashing on rocks. // However, / it is **important** / that visitors **should keep** a distance from waves. // Also, / locals **suggest** / that tourists **should check** the tide table in advance. // When the tide is low, / more of the beach is exposed, / meaning more space / for visitors to explore.
在台東，有一個海灘附近的露營區。自然而然地，露營者會去海灘遊玩，或者只是看著海浪拍打岩石。不過，遊客和海浪保持距離是很重要的。此外，當地人建議遊客應該事先查看潮汐表。退潮時，海灘會露出比較大的部分，意味著有更多空間讓遊客探索。

1. stunning [\`stʌnɪŋ] adj. 絕美的 / reserve [rɪ\`zɝv] v. 預約 / lavish [\`lævɪʃ] adj. 奢華的 / interior decoration 室內裝潢 / telephone booth 電話亭 / exotic [ɪg\`zɑtɪk] adj. 異國風情的 / charm [tʃɑrm] n. 魅力
2. camper [\`kæmpɚ] n. 露營者 / crash [kræʃ] v.（海浪）拍打 / tide table 潮汐表 / expose [ɪk\`spoz] v. 暴露

# 46 轉承語

轉承語，顧名思義，是「轉而承接」的意思。轉承語，是句子的潤滑油，能讓句子之間的銜接更順暢，就像機械齒輪，需要上點油，齒輪才不會卡卡的。我們依照使用場合，把轉承語分成三個類別：

## ❶ 追加說明：besides / in addition（此外）

Jane works as a vet.
**Besides**, she is a part-time photographer.
珍是位獸醫。此外，她是位兼職攝影師。

= Jane works as a vet.
**In addition**, she is a part-time photographer.

→ photographer [fə`tɑgrəfɚ] (n.) 攝影師；as (prep.) 以~身分。

Jane works as a vet. 的意思是 Jane is a vet.（珍是位獸醫）。besides 可與 in addition 互換。besides 是副詞，無法像連接詞一樣連接兩個句子，所以兩個句子是彼此分開的（中間有句號）。

## ❷ 語氣轉折：however / nevertheless / yet（然而）

The location of the house is good.
**However**, the house is expensive.
這房子的地點很好。然而，房子很昂貴。

= The location of the house is good;
**however**, the house is expensive.

= The location of the house is good.
**Nevertheless**, the house is expensive.

= The location of the house is good.
**Yet**, the house is expensive.

→ location [lo`keʃən] (n.) 地點。however 是副詞，不能像連接詞一樣連接兩個句子。如果要把兩個句子互相連接，可以將句點改為分號。改為分號之後，就是一個句子，因此分號後方 however 是英文字母小寫。

值得一提的是，however 是比較正式的字詞，有些人甚至會換成 nevertheless（然而），這樣看起來字母數量更多，會讓人感覺程度很好。不過實際上，在書寫時，美國人更常使用的是 yet（然而），字詞簡單，卻更貼近母語人士的習慣哦！

### ❸ 表示結果：therefore（因此）

This car is spacious.
**Therefore**, sitting in the car is comfortable.
這輛車很寬敞。因此，坐在車裡很舒適。

→ 第二句的主詞是 sitting in the car（坐在車裡），動詞是 is。

以上的轉承語，都是副詞用法，並沒有連接詞功能，因此必須與前句拆開，兩句各自獨立喔！

## ※轉承語和連接詞的整理

轉承語和連接詞的意義有些類似，差別在於連接詞可以把句子連在一起，但使用轉承語的時候，兩個句子仍然是分開的。轉承語只是在第二個句子裡，表示和前一個句子的「相關性」。

| 意思 | 連接詞 | 轉承語 |
| --- | --- | --- |
| 追加 | and | besides<br>in addition |
| 轉折 | but | however<br>nevertheless<br>yet |
| 結果 | so | therefore |

## 跟讀練習

慢速 46-1A

正常速 46-1B



- **追加說明**

  Tina drank coffee. **Besides**, she ate ice cream.

  Tina drank coffee. **In addition**, she ate ice cream.

  緹娜喝了咖啡。此外，她還吃了冰淇淋。

- **追加說明**

  John plays baseball. **Besides**, he plays badminton.

  John plays baseball. **In addition**, he plays badminton.

  約翰打棒球。此外，他也打羽毛球。

- **語氣轉折**

  The color of the car is unique. **However**, the car is expensive.

  The color of the car is unique. **Nevertheless**, the car is expensive.

  The color of the car is unique. **Yet**, the car is expensive.

  車子的顏色很獨特。然而，車子很昂貴。

- **語氣轉折**

  Students learn at home. **However**, they still meet with their teachers once a month.

  Students learn at home. **Nevertheless**, they still meet with their teachers once a month.

  Students learn at home. **Yet**, they still meet with their teachers once a month.

  學生在家學習。然而，他們仍然每個月與老師會面一次。

- **表示結果（so 是連接詞）**

  Jimmy was sick, so he couldn't attend the meeting.

  吉米生病了，所以他不能參加會議。

  Jimmy was sick. **Therefore**, he couldn't attend the meeting.

  吉米生病了。因此，他無法參加會議。

- **表示結果（so 是連接詞）**

  She has experience of working with young people, so she got the job.

  她有和年輕人一起工作的經驗，所以她得到這份工作。

  She has experience of working with young people. **Therefore**, she got the job.

  她有和年輕人一起工作的經驗。因此，她得到這份工作。

## 文法表格解析

・追加說明：besides / in addition

| 副詞 | 主詞 + 動詞… | 中文 |
|---|---|---|
| Besides,<br>In addition, | it is cheap. | 此外，它很便宜。 |
| | I love pizza. | 此外，我喜愛比薩。 |

・語氣轉折：however / nevertheless / yet

| 副詞 | 主詞 + 動詞… | 中文 |
|---|---|---|
| However,<br>Nevertheless,<br>Yet, | the office is far from home. | 然而，辦公室離家很遠。 |
| | the method is easy. | 然而，這個方法很簡單。 |
| | she doesn't have time to travel. | 然而，她沒有時間去旅行。 |

・表示結果：therefore

| 副詞 | 主詞 + 動詞… | 中文 |
|---|---|---|
| Therefore, | they give up the plan. | 因此，他們放棄計畫。 |

## 文法小提醒

**・besides / in addition 的前後句子，語氣是「相同方向」**

The dress is stylish. **Besides**, it is cheap. 這件洋裝很時尚。此外，它很便宜。

→「stylish（時尚的）」和「cheap（便宜的）」，都是這件洋裝吸引人的條件，所以是相同方向。

**・however / nevertheless / yet 的前後句子，語氣是「相反方向」**

She likes the job. **Yet**, the office is far from home.

她喜歡這份工作。然而，辦公室離家很遠。

**・in addition to + V-ing/N.（除了…以外）**

**In addition to** eating hamburgers, I love pizza.

除了吃漢堡，我也喜愛比薩。

→ in addition to 是片語介系詞，做「介系詞」用，因此後面的動詞必須改成 V-ing，寫成 eating。

## 進階跟讀挑戰

慢速分句 46-2A

正常速分句 46-2B

正常速連續 46-2C

The Tainan (台南) County Magistrate Residence / was built in 1900. // This two-story building / was once the residence / of the Japanese royal family / when they visited Taiwan. // **In addition to** the building, / several air raid shelters / were later built there / during World War II. // After the ROC government relocated to Taiwan, / the building simultaneously housed the land office, / district office, / civil defense headquarters, / and a supermarket for military and government personnel. // Years later, / **however**, / it turned out to be too crowded, / so all the organizations, / except the supermarket, / moved out of the building. // In 2000, / the building was declared a historic site, / and the restoration plan began. // It took ten years to restore the building. // Now, the building has become a restaurant, / and there is also a room for art exhibitions, / making it an ideal place to relax / and enrich the mind. // **Therefore**, / it has become a popular spot for tourists.

台南知事官邸建於 1900 年。這棟兩層樓的建築物，曾經是日本皇室訪台時的居所。除了建築物以外，後來在第二次世界大戰時也在那裡興建了幾個防空洞。國民政府遷台之後，這棟建築物同時容納了地政事務所、區公所、民防指揮所和軍公教福利中心。然而多年後，空間變得太擠，所以除了軍公教福利中心以外，所有機構都撤出了。2000 年，這棟建築物被公告為古蹟，並展開修復計畫。修復建築物花了十年。現在，這棟建築物已經變成餐廳，而且有藝術展覽的空間，使它成為放鬆並且豐富心靈的理想地點。因此，它成為了受到遊客歡迎的景點。

magistrate [`mædʒɪs͵tret] n. 地方行政官 / residence [`rɛzədəns] n. 住所 / story [`storɪ] n. 樓層 / royal family 皇室 / air raid shelter 防空洞 / relocate [ri`loket] v. 遷移 / simultaneously [saɪməl`tenɪəslɪ] adv. 同時 / civil defense 民防（組織）/ personnel [͵pɝsən`ɛl] n. 人員 / restoration [͵rɛstə`reʃən] n. 修復 / restore [rɪ`stor] v. 修復 / enrich [ɪn`rɪtʃ] v. 使豐富

# 47 some of whom/which（其中有些…）

在第 23 單元的形容詞子句，介紹過 who 和 which 這兩個關代，也了解**關代具有「連接詞」的功能**。這個單元，要說明關代的進階用法，我們一起來看囉！

## ❶ 關代 whom

whom 和 who 都用在人身上，唯一的差別是：who 是主格／受格關代，而 whom 只能當受格關代。在這個單元裡，因為關代放在介系詞 of 後面，這時候一律使用受格 whom，就像我們說 some of them，而不能用 some of they 一樣，因為 them 是受格，they 是主格，原理是相同的哦！

I have many friends, **some of whom** live in Canada.
我有許多朋友，其中一些住在加拿大。
→ 關代 whom 有連接詞的功能，因此句子裡可以有兩組動詞 have 和 live。

句子拆成兩句時，就不需要連接詞，因此 whom 換回 them：
I have many friends. 我有許多朋友。
Some of **them** live in Canada. 他們有些住在加拿大。

如果指稱的對象不是人，而是「事物」，就換成 which。

## ❷ 關代 which

Emily keeps pets, **some of which** are cats. 艾蜜莉有養寵物，其中一些是貓。

→ 關代 which 有連接詞的功能，因此可以放兩組動詞 keeps 和 are。

句子拆成兩句時，就不需要連接詞，因此 which 換回 them：
Emily keeps pets. 艾蜜莉有養寵物。
Some of **them** are cats. 其中一些是貓。

無論是 whom 還是 which，都可以把 some 換成「數字」、「most（大部分）」這類的字詞，使用方式仍相同。

Lisa bought seven books, **two of which** are about food.
麗莎買了七本書，其中兩本書與食物有關。
→ 拆開的第二句是 Two of **them** are about food.
There are thirty people in the park, **most of whom** are kids.
三十個人在公園裡，其中大部分是孩子。
→ 拆開的第二句是 Most of **them** are kids.

## 跟讀練習

慢速 47-1A

正常速 47-1B

- **whom**
  There are thirty students in the class. 班級裡有三十位學生。
  Some of them are girls. 其中一些是女孩。
  There are thirty students in the class, **some of whom** are girls.
  班級裡有三十位學生，其中一些是女孩。
- **whom**
  There are fifty guests in the hotel. 飯店裡有五十位客人。
  Most of them are from Canada. 他們大部分來自加拿大。
  There are fifty guests in the hotel, **most of whom** are from Canada.
  飯店裡有五十位客人，他們大部分來自加拿大。
- **which**
  There are twenty oranges on the table. 桌上有二十顆柳橙。
  Some of them are very sweet. 其中一些非常甜。
  There are twenty oranges on the table, **some of which** are very sweet.
  桌上有二十顆柳橙，其中一些非常甜。

## 文法表格解析

・關代 whom

| 句子 1 | 句子 2 |
|---|---|
| John has five sons, | **one of whom** lives in Taiwan. |
| 約翰有五個兒子， | 其中一位住在台灣。 |
| There are thirty students, | **most of whom** are girls. |
| 有三十位學生， | 其中大部分是女孩。 |

・關代 which

| 句子 1 | 句子 2 |
|---|---|
| Amy has three pets, | **one of which** is a cat. |
| 艾咪有三隻寵物， | 其中一隻是貓。 |
| Mangoes are on the table, | **some of which** are red. |
| 芒果在桌上， | 其中一些是紅的。 |

## 文法小提醒

・**不使用關代，可換成 and**

關代具有連接詞的功能，因此句子可放兩組動詞。如果不使用關代，也可換成「連接詞 and」。或者拆成兩句，就不需要連接詞囉！

John has five sons, one of whom lives in Taiwan. **[關代 whom]**
= John has five sons, **and** one of them lives in Taiwan. **[連接詞 and]**
= John has five sons. One of them lives in Taiwan. **[不需連接詞]**

Mangoes are on the table, some of which are red. **[關代 which]**
= Mangoes are on the table, **and** some of them are red. **[連接詞 and]**
= Mangoes are on the table. Some of them are red. **[不需連接詞]**

閱讀文章時，經常會看到「透過關代合併兩個句子」的用法，不但可以把句子延長，也能瞬間提升書寫水準！

# 進階跟讀挑戰

慢速分句 47-2A　正常速分句 47-2B　正常速連續 47-2C

Last Saturday, / I went to a supermarket in Nantou (南投). // The supermarket sells a variety of food products, / **all of which** are terrific. // There were eight customers in the supermarket, / **two of whom** bought black tea egg rolls / and Assam tea ice cream. // The others bought black tea popcorn. // As for me, / I didn't want to snack too much, / so I purchased some organic vegetables. // Leaving the supermarket, / I went to the café on the second floor. // There were three clerks, / **all of whom** were young. // In the café, / I swiped my cellphone / and thought about / where to eat dinner. // Finally, / I decided to eat roast chicken / in a famous restaurant. // I drove half an hour to the restaurant. // The food there was surprisingly tasty. // Next week, / I will travel to Nantou again.

上週六，我去一間位於南投的超市。那間超市販售各式各樣的食品，它們全都很棒。超市裡有八位顧客，其中兩位買了紅茶蛋捲和阿薩姆冰淇淋。其他人買了紅茶爆米花。至於我，並不想吃太多零食，所以我買了一些有機蔬菜。離開超市之後，我去二樓的咖啡廳。有三位店員，他們都很年輕。我在咖啡店裡滑手機，想著要去哪裡吃晚餐。最後，我決定去一間有名的餐廳吃烤雞。我開了半小時的車到餐廳。那裡的食物出乎意料地美味。下週我要再去南投。

snack [snæk] v. 吃零食 / organic [ɔr`gænɪk] adj. 有機的 / swipe [swaɪp] v.（手指在螢幕上）滑動

# 48 分裂句 It is... that/who...

分裂句，是個特殊又好用的句型。這種句型的目的，是用來強調句子裡的特定字詞，使用方式是**把「想強調的重點」放在 It is 和 that/who 中間**，句子剩餘字詞，一律放到 that/who 後方。

## ❶ 強調人：It is... who...

**It is Jimmy who** often helps me wash the car.
常常幫我洗車的人就是吉米。
**Jimmy** often helps me wash the car. 吉米常常幫我洗車。
→ 想檢查句子是否正確，只需把 It is... who 刪除，就可還原句子。

**It was Peter who** gave me a cellphone as my birthday gift.
給我手機當生日禮物的人就是彼得。
**Peter** gave me a cellphone as my birthday gift.
彼得給我手機當作生日禮物。
→ 想檢查句子是否正確，只需把 It was... who 刪除，就可還原句子。因為是過去的事，所以 be 動詞用過去式 was。強調人的分裂句也可以用 It was... that...，但使用 who 會更明顯表示「人」的意思。

## ❷ 強調事情、物品、地點等：It is... that...

**It was a cellphone that** Peter gave me as my birthday gift.
手機就是彼得給我當生日禮物的東西。
→ a cellphone 原本放在 me 後面，因為要強調手機，所以移到前面。

**It was the noise that** kept us awake last night.
就是這個噪音讓我們昨晚睡不著。
→ 強調噪音（the noise），原本句子是 The noise kept us awake last night.。
（awake [ə`wek] adj. 醒著的）

**It was in the garden that** I met Tina yesterday.
我昨天就是在花園遇到緹娜。
→ 強調地點（in the garden），原本句子是 I met Tina in the garden yesterday.。

## 跟讀練習

慢速 48-1A

正常速 48-1B

· **It is... who...**
His best friend gives him courage to study abroad.
他最要好的朋友給他出國唸書的勇氣。
**It is his best friend who** gives him courage to study abroad.
給他勇氣出國唸書的人，就是他最要好的朋友。

· **It is... who...**
Steve helped me clean the room yesterday. 史帝夫昨天幫忙我打掃房間。
**It was Steve who** helped me clean the room yesterday.
昨天幫忙我打掃房間的人，就是史帝夫。

· **It is... that...**
This blanket keeps me warm. 這條毛毯使我保持溫暖。
**It is this blanket that** keeps me warm.
讓我保持溫暖的東西，就是這條毛毯。

· **It is... that...**
My uncle gave me a watch as a birthday present.
我叔叔給我手錶，作為生日禮物。
**It was a watch that** my uncle gave me as a birthday present.
我叔叔給我當生日禮物的東西，就是手錶。

· **It is... that...**
On a cold winter day, she arrived at the airport.
在一個寒冷的冬日，她抵達機場。
**It was on a cold winter day that** she arrived at the airport.
她抵達機場的時間，就是在一個寒冷的冬日。

## 文法表格解析

・分裂句：**It is/was... who...**

| It is/was + 強調重點 | who + 其餘部分 |
|---|---|
| It is **Tim** | who prepares dinner for us. |
| 為我們準備晚餐的人，就是提姆。 | |
| It was **Helen** | who gave me a laptop as a gift. |
| 給我筆電當禮物的人，就是海倫。 | |

・分裂句：**It is/was... that...**

| It is/was + 強調重點 | that + 其餘部分 |
|---|---|
| It was **a laptop** | that Helen gave me as a gift. |
| 海倫給我的禮物，是筆電。 | |
| It was **in the library** | that I met Mary last night. |
| 我昨晚就是在圖書館，遇到瑪莉。 | |

## 文法小提醒

・分裂句，**可以強調人、事、物，包括地點和時間**

想驗證句子時，只需把句型 It is... who/that 刪除，回復原本樣貌即可。

It is **Tim** who prepares dinner for us. [強調人物]
（原本句子是：Tim prepares dinner for us.）

It was **a laptop** that Helen gave me as a gift. [強調物品]
（原本句子是：Helen gave me a laptop as a gift.）
→ 因為要強調物品，a laptop 才移到前面。

It was **in the library** that I met Mary last night. [強調地點]
（原本句子是：I met Mary in the library last night.）
→ 因為要強調地點，in the library 才移到前面。

## 進階跟讀挑戰

慢速分句 48-2A　正常速分句 48-2B　正常速連續 48-2C

**It was on Anping (安平) Old Street** / **that** I met Tina last Friday. // She was my childhood neighbor. // We haven't seen each other / since she moved to Tainan (台南). // On that day, / I went to Anping Old Street / to buy shrimp crackers. // While I was waiting / at a traffic light, / Tina saw me. // We were surprised to see each other. // As a local, / Tina introduced me / to several food stands. // We ate beef soup / and oyster omelets. // We also went to a traditional clothing rental shop / to dress up / and take pictures of ourselves. // **It was a qipao (旗袍)** / **that** I wore that day. // After that, / we went to Anping Old Fort / to watch the sunset. // Before going home, / we exchanged contact information / and promised to meet again.

上週五，我在安平老街遇到緹娜。她是我小時候的鄰居。自從她搬到台南，我們就沒見面了。那天，我去安平老街買蝦餅。當我在等紅綠燈時，緹娜看到了我。我們很驚訝會相遇。作為當地人，緹娜介紹我去幾個小吃攤。我們吃了牛肉湯和蚵仔煎。我們也去一間傳統服飾出租店盛裝打扮並且拍照。我那天穿的是旗袍。然後，我們去安平古堡看夕陽。回家之前，我們交換聯絡資訊，並且約定會再見面。

childhood [`tʃaɪldˌhʊd] n. 童年 / shrimp cracker 蝦餅 / oyster omelet 蚵仔煎 / rental shop 出租店 / exchange [ɪks`tʃendʒ] v. 交換

# 49 To one's + 情緒名詞, S+V...（令人感到…的是，…）

這個單元介紹的句型是關於情緒，無論是快樂、驚訝、悲傷、憤怒的情緒，全都可以使用，程度瞬間拉高，不再只用 I am happy. He is angry. 這麼簡單的句子啦！

## ❶ 正面情緒：delight（高興）、surprise（驚訝）、relief（鬆一口氣，寬慰）

**To my delight**, I got a watch as my graduation gift.
令我高興的是，我的畢業禮物是一只手錶。
→「one's（某人的）」要填入所有格，例如 my/our/her 等等。
delight [dɪ`laɪt] (n.) 高興、喜悅。as [əz] prep. 作為…。

**To our surprise**, he remembers Amy's phone number.
令我們驚訝的是，他記得艾咪的電話號碼。
→ 雖然 surprise 也能當動詞，但在這個句子裡，它是名詞。

除了使用 my/our/her 以外，也可以用 's 的「所有格用法」。

**To everyone's relief**, the missing boy is safe. 令大家鬆一口氣的是，走失的男孩是安全的。
→「everyone's（每個人的）」，也是所有格。relief [rɪ`lif] n. 輕鬆，寬心。

To everyone's relief, the missing boy is safe.
(令大家鬆一口氣的是，走失的男孩是安全的)

## ❷ 負面情緒：sadness（悲傷）、disappointment（失望）、regret（後悔）

**To their sadness**, the rabbit got sick and then died.
令他們悲傷的是，兔子生病死掉了。
→ sad 是形容詞，加上名詞字尾 -ness，就變成名詞。
sadness [`sædnɪs] n. 悲傷

**To his disappointment**, his parents didn't praise him.
令他失望的是，他的父母沒有稱讚他。
→ disappointment [͵dɪsəˋpɔɪntmənt] n. 失望；praise [prez] v. 讚美

這個句型的主詞和動詞，在逗點之後才出現，記得句子結構一定要完整哦！

## 跟讀練習

慢速 49-1A

正常速 49-1B

- **delight**
  He was delighted. 他很高興。
  He received a Christmas gift from his aunt. 他收到阿姨送的聖誕禮物。
  **To his delight**, he received a Christmas gift from his aunt.
  令他高興的是，他收到阿姨送的聖誕禮物。
- **surprise**
  I was surprised. 我感到驚訝。
  She won one million dollars on the lottery. 她彩券贏了一百萬元。
  **To my surprise**, she won one million dollars on the lottery.
  令我驚訝的是，她彩券贏了一百萬元。
- **relief**
  She was relieved. 她感到安慰。
  Her grandmother died peacefully in her sleep. 她的祖母在睡夢中安詳而去。
  **To her relief**, her grandmother died peacefully in her sleep.
  令她感到安慰的是，她的祖母在睡夢中安詳而去。
- **disappointment**
  She was disappointed. 她感到失望。
  The teacher didn't praise her. 老師沒有稱讚她。
  **To her disappointment**, the teacher didn't praise her.
  令她失望的是，老師沒有稱讚她。
- **regret**
  He was regretful. 他很遺憾。
  He didn't attend university. 他沒有唸大學。
  **To his regret**, he didn't attend university. 令他遺憾的是，他沒有唸大學。

# 文法表格解析

・正面情緒

| To one's 情緒名詞 | 主詞 + 動詞… |
| --- | --- |
| **To my surprise,** | they split up. |
| 令我驚訝的是， | 他們分手了。 |
| **To our delight,** | the room service is good. |
| 令我們高興的是， | 客房服務很好。 |

・負面情緒

| To one's 情緒名詞 | 主詞 + 動詞… |
| --- | --- |
| **To her sadness,** | the dog died. |
| 令她悲傷的是， | 狗死了。 |
| **To his disappointment,** | the gift shop is closed. |
| 令他失望的是， | 禮品店沒有營業。 |

# 文法小提醒

・可在句型的開頭，**加入 much，以加強情緒**

**Much** to my surprise, they split up. 令我非常驚訝的是，他們分手了。
（簡易寫法：I was surprised **when** they split up.）

**Much** to our delight, the room service is good.
令我們非常高興的是，客房服務很好。
（簡易寫法：We are delighted **because** the room service is good.）

**Much** to his disappointment, the gift shop is closed.
令他非常失望的是，禮品店沒有營業。
（簡易寫法：He is disappointed **because** the gift shop is closed.）

簡易寫法的句子難度，屬於「初級英文」，僅使用連接詞，串成一個句子。若想寫出「中級英文」的程度，就經常需要使用句型。如此一來，文章裡的句子，會比較豐富多變化。

## 進階跟讀挑戰

慢速分句 49-2A

正常速分句 49-2B

正常速連續 49-2C

Yesterday / my family and I / went to the Pine Garden, / which is located in Hualien (花蓮). // **To our surprise**, / there were many pine trees / over one hundred years old. // The Pine Garden was on higher ground. // In the coffee shop of the Pine Garden, / we could see the Port of Hualien / while enjoying afternoon tea. // The lemon pie and cheesecake / were particularly delicious. // There was a pond / next to the coffee shop, / so I took a look at it. // **To my amazement**, / there were many tadpoles in the pond. // After having afternoon tea, / we visited the main building, / where a bead craft workshop / was held on that day. // I am interested in making bead crafts, / so I participated in it. // My mom and dad, / on the other hand, / took a guided tour / of the building. // A tour guide showed them around, / and they saw offices / and air raid shelters.

昨天我和家人去花蓮的松園別館。令我們驚訝的是，有許多超過百歲的松樹。松園別館的地勢高。在松園別館的咖啡廳，我們在享用下午茶時可以看到花蓮港。檸檬派和起司蛋糕特別美味。咖啡廳旁邊有座池塘，所以我去看了看。令我驚奇的是，池塘裡有很多蝌蚪。下午茶過後，我們參觀主要建築物，當天那裡舉行了串珠工作坊。我對串珠感興趣，所以我參加了。我爸媽則參加建築物的導覽活動。導遊帶他們四處走走，他們看到了辦公室和防空洞。

amazement [ə`mezmənt] n. 驚奇 / tadpole [`tæd͵pol] n. 蝌蚪 / bead craft 串珠工藝 / workshop [`wɝk͵ʃɑp] n. 工作坊

# 50 倒裝句

這個單元要介紹把地方副詞（片語）放在句首的倒裝句。副詞是一個單字，副詞片語是兩個單字以上。倒裝，則是為了「強調」。我們一起來看倒裝句吧！

## ❶ 主詞是一般名詞

無論是一般動詞，還是 be 動詞，都可以用倒裝句。倒裝的寫法是：把「副詞片語」放到句首，接著寫動詞，最後才寫主詞。

### ・一般動詞

At the corner **stood the man**. 這位男子站在角落。

→ 副詞片語 at the corner（在角落）放到句首，動詞 stood 寫在 the man 前面，形成倒裝句。原本的句子是 The man stood at the corner.。

Here **comes the summer**. 夏天來了。

→ 副詞 here（這裡）放到句首，動詞 comes 寫在 the summer 前面，形成倒裝句。原本的句子是 The summer comes here.。

### ・be 動詞

Near her house **is a bookstore**. 她家附近有間書店。

→ 副詞片語 near her house（她家附近）放到句首，動詞 is 寫在 a bookstore 前面，形成倒裝句。原本的句子是 A bookstore is near her house.。

## ❷ 主詞是代名詞

要注意的是，如果主詞是代名詞，主詞和動詞「不」倒裝哦！只有把副詞或副詞片語移到句首而已。

Here **he comes**. 他來了。

→ he 是代名詞，所以不倒裝，he 在前面，動詞 comes 在後面。跟正常句子一樣，也是「主詞 + 動詞」的順序。副詞 here（這裡）放到句首，原本的句子是 He comes here.。

Out of the classroom **he ran**.

他跑出了教室。

→ he 是代名詞，所以不倒裝，he 在前面，動詞 ran 在後面。副詞片語 out of the classroom（出教室）放到句首，原本的句子是 He ran out of the classroom.。

## 跟讀練習

慢速 50-1A

正常速 50-1B

- **主詞是名詞**

  A church stands on the hill. 一座教堂矗立在山丘上。

  On the hill **stands a church**. 山丘上矗立著一座教堂。

- **主詞是名詞**

  A coffee shop is near her house. 一間咖啡店在她家附近。

  Near her house **is a coffee shop**. 她家附近有一間咖啡店。

- **主詞是名詞**

  A dog stood behind the chair. 一隻狗站在椅子後面。

  Behind the chair **stood a dog**. 椅子後面站著一隻狗。

- **主詞是代名詞**

  He comes here. 他來了。

  Here **he comes**. 他來了。

- **主詞是代名詞**

  She was born in Boston. 她在波士頓出生。

  In Boston **she was born**. 她在波士頓出生。

- **主詞是代名詞**

  She lives with her aunt in Canada. 她和她姑姑住在加拿大。

  In Canada **she lives** with her aunt. 她和她姑姑住在加拿大。

## 文法表格解析

・倒裝句：主詞是一般名詞

| 副詞（片語） | 動詞 + 主詞 | 中文 |
| --- | --- | --- |
| Here | **comes** the bus. | 公車來了。 |
| Into the lake | **jumped** Eric. | 艾瑞克跳進湖中。 |

・倒裝句：主詞是代名詞

| 副詞（片語） | 主詞 + 動詞 | 中文 |
| --- | --- | --- |
| Here | we **are**. | 我們到了。 |
| Out of the theater | she **walked**. | 她走出電影院。 |

## 文法小提醒

**・只有在「強調」的時候，才需要倒裝**

一般情況下，副詞片語會放在「句尾」。

Here comes the bus.
未倒裝的句子是：The bus comes here.

Into the lake jumped Eric.
未倒裝的句子是：Eric jumped into the lake.

Here we are.
未倒裝的句子是：We are here.

Out of the theater she walked.
未倒裝的句子是：She walked out of the theater.

# 進階跟讀挑戰

慢速分句 50-2A　正常速分句 50-2B　正常速連續 50-2C

Last Thursday, / I went to downtown Pingtung (屏東) / to visit my friend, / Helen. // Near her house / **is a teahouse**. / It took us half an hour / to find a parking space / before we could have afternoon tea there. // In front of the teahouse / **is a Superman statue**. // Walking inside the teahouse, / I saw colorful cushions on the chairs. // The teahouse serves a wide selection of tea, / including twenty kinds of maté tea. // Before ordering, / customers can smell samples of tea leaves, / which are filled in little glass bottles / resembling perfume samples. // After smelling the samples, / we decided to order the tea / blended with jasmine and bergamot. // Besides tea, / we also ordered salmon pie / and blueberry pie. // We chatted about our jobs and families. // After gathering with Helen, / I felt refreshed.

上週四，我去屏東市中心拜訪朋友海倫。她家附近有間茶店。我們花了半小時找停車位，然後才能在那裡喝下午茶。茶店前面有一座超人雕像。走入店內，我看到椅子上有色彩繽紛的靠墊。這家茶店供應種類廣泛的茶，包括二十種瑪黛茶。在點東西之前，顧客可以試聞茶葉，它們裝在像是香水試用瓶一樣的小玻璃瓶裡。聞過樣品之後，我們決定點有茉莉花和佛手柑的茶。除了茶以外，我們也點了鮭魚派和藍莓派。我們聊了我們的工作和家庭。和海倫聚會之後，我感到神清氣爽。

teahouse [ˋtiˏhaʊs] n. 茶館 / parking space 停車位 / statue [ˋstætʃʊ] n. 雕像 / cushion [ˋkʊʃən] n. 靠墊 / maté [ˋmɑtɛ] n. 瑪黛茶 / sample [ˋsæmpl̩] n. 樣品，試用品 / resemble [rɪˋzɛmbl̩] v. 像，類似 / blend [blɛnd] v. 混合 / bergamot [ˋbɝgəˏmɑt] n. 佛手柑

台灣廣廈 國際出版集團
Taiwan Mansion International Group

國家圖書館出版品預行編目（CIP）資料

跟讀學文法：用母語人士的方法學英文,不用想、直接說,就是正確的文法!/
外文列車著. -- 初版. -- 新北市：語研學院出版社, 2022.10
面； 公分
ISBN 978-626-96409-1-1(平裝)
1.CST: 英語 2.CST: 語法

805.16 111014484

# 跟讀學文法

**用母語人士的方法學英文，不用想、直接說，就是正確的文法！**

**作　　者**／外文列車
**插　　圖**／朱家鈺

**編輯中心編輯長**／伍峻宏
**編輯**／賴敬宗
**封面設計**／林珈伃・**內頁排版**／菩薩蠻數位文化有限公司
**製版・印刷・裝訂**／皇甫・秉成

**行企研發中心總監**／陳冠蒨
**媒體公關組**／陳柔彣
**綜合業務組**／何欣穎

**線上學習中心總監**／陳冠蒨
**產品企製組**／黃雅鈴

**發 行 人**／江媛珍
**法律顧問**／第一國際法律事務所 余淑杏律師・北辰著作權事務所 蕭雄淋律師
**出　　版**／語研學院
**發　　行**／台灣廣廈有聲圖書有限公司
地址：新北市235中和區中山路二段359巷7號2樓
電話：（886）2-2225-5777・傳真：（886）2-2225-8052

**代理印務・全球總經銷**／知遠文化事業有限公司
地址：新北市222深坑區北深路三段155巷25號5樓
電話：（886）2-2664-8800・傳真：（886）2-2664-8801
**郵政劃撥**／劃撥帳號：18836722
劃撥戶名：知遠文化事業有限公司（※單次購書金額未達1000元，請另付70元郵資。）

■出版日期：2023年3月2刷
ISBN：978-626-96409-1-1